「うわあ、高〜い」
肩車をしてもらった尊は
怖がることなく、嬉しそうに
周りを見回している。
JN126489
Illustration：Haru Suzukura

セシル文庫

インテリヤクザは
ベビーシッターに恋をする

はなのみやこ

イラストレーション／鈴倉　温

◆目次

この作品はフィクションです。
実在の人物・団体・事件などに
一切関係ありません。

インテリヤクザは
ベビーシッターに
恋をする

大きなまあるい瞳が、じっと日向《ひなた》の顔を見つめている。

その瞳から感じられるのは、迷い、戸惑い、そして……哀しみ。

日向は僅かに首を傾げた後、目の前の小さな存在を少しでも安心させるよう、柔らかく微笑んだ。

「尊《みこと》君。あのね、先生は怒ってるわけじゃないんだ。尊君が蓮《れん》君のことをわざと押したわけじゃないってこともわかってるよ」

短く、要点をわかりやすく。三歳の子供に、長い説明は禁物だ。

「でもね、尊君が蓮君を押したことで、蓮君は転んじゃったよね。痛いって、泣いてたよね。それは、わかるかな？」

日向の言葉に、尊がこくりと頷く。

「それじゃあ……蓮君にごめんねって言えるかな？」

尊は不安そうな瞳で日向を見ると、次に日向の隣にいる蓮のことをちらりと見つめた。

当の蓮は既に泣きやんでおり、園庭に遊びに行きたいのかそわそわと落ち着きなく身体

を動かしている。

蓮の様子に、日向も苦笑いを浮かべてしまう。今泣いた烏《からす》がもう笑ったとはよくいったものだ。

おそらく蓮はもう尊に対して怒りを覚えていないし、それどころかなんで泣いていたのかも忘れてしまっているのだろう。

ただ、尊の方はそうではない。

この春から三歳児クラスに入園してきた周防尊《すおうみこと》は、家庭環境の複雑さもあって、他の保育士からは敬遠されていた。そのため、半ば押し付けられるような形で日向は担任になったのだが、尊は聞き分けも良ければ、他の園児と衝突することもない、とても大人しい子供だった。

三歳児クラスはやんちゃな盛りの子供も多く、喧嘩や言い合いもしょっちゅう起こっている。それこそ、場合によっては手が出そうになることも珍しくはなく、怪我だけはさせないよういつも日向は目を光らせていた。

そして、そういった子供たちとは距離を置き、教室の片隅でいつも絵本を読んでいるのが尊だ。

三歳ですでにひらがなが読めることにも驚いたが、読んだ本はきちんと元の場所に返したことにも日向は驚いた。元々の性格がそうなのか、それとも家庭でしつけられているのか、尊はとてもきちんとした子供だった。

そんな風だから、てっきり同年代の子供とは合わないのかと思えば、尊自身は他の子供たちと関わるのを嫌がるわけではなく、話しかけられれば嬉しそうにしていた。

最初は少なかった口数も、日向が話しかける度に少しずつ増えていき、今でははにかむような笑みを見せてくれる。

反応が薄いため、他の組の保育士からはこちらの言っていることの意味がわからないのではないかと言われもしたが、そうではない。むしろその逆で、とても利発な子供なのだと思った。

問題のある子供ではないが、きちんと気にかけてあげなければいけない子。

日向にとってはそういった認識で、園庭にいる時にもなるべく尊からは目を離さないようにしていた。

とはいえ、動きたい盛りの子供たち二十人を一人で見るのは、容易な仕事ではない。

一応視界の中には入れていたし、珍しく尊が他の子供と揉めていたため駆けつけようとは思っていたのだが、ほんの一瞬出遅れてしまった。

尊が自分の腕を引っ張る蓮を思い切り突き飛ばしたのは、日向が二人の元に向かおうとした直後だった。

膝を擦りむいて泣きじゃくる蓮の手当てをするのを、傷ついたような表情で尊はじっと見つめていた。

まるで、どちらが怪我をしたのかわからないくらい、尊の表情は悲しげだった。

利発な尊のことだ、自分が悪いことをしたと、ちゃんとわかっているのだ。だからこそ、ちゃんと謝る機会を作りたかった。そうしなければ、傷つくのは尊だとも思ったからだ。

「あ、あのね……」

ようやく、尊が口を開いてくれた。内心安堵しながら、日向は尊に相槌をうつ。

「蓮君……ご……」

「尊ちゃん！　大丈夫!?」

尊の言葉は、甲高い女性の声に遮られた。

きれいに髪を巻いた女性は日向たちの元へ近付くと、これ見よがしに尊の肩を抱いた。

女性に触れられた瞬間、尊の肩がビクリと震えたのが日向に分かった。

「かわいそうに……ずっとここで立たされてたのね？　こういうのって体罰になるんじゃないですか？」

猫なで声で尊に話しかけた後、女性は威嚇するように日向を睨みつけた。

「誤解です、今は立って貰ってますが、さっきまでは教室で座って話していました」

既に教室での活動が始まってしまったため、日向は尊と蓮を園庭に連れ出したのだ。

今日は良い天気だが、話しているのは屋根のある日陰になる場所だし、水分も事前にちゃんと取らせた。

ちなみに、教室の方はもう帰る園児もいるため、他の先生に対応をしてもらっている。

「どちらにせよ、こんなに時間をかけるのっておかしくありません？　だいたい、尊ちゃんがその子を押したのは、その子が尊ちゃんの嫌がることをしたからなんでしょう？　尊ちゃんだけに謝らせるって、おかしくありません？」

園舎の方を見れば、こちらの様子を気にしながら先輩保育士が『ごめん』のポーズをとっている。どうやら、少し早めに迎えに来た女性が痺れを切らして事情を聞き、こちらまで来てしまったようだ。

「その事に関しては、蓮君はもう先に謝ってくれました」

「じゃあもういいじゃない、怪我だって大したことないんでしょ？　何かお見舞金が必要だって言うなら、後で相談してくれていいですけど」

どうしてそうなるのか。女性とは何度もこうして対面してきたが、その度に日向は言葉の通じない、宇宙人と話しているような気分になる。

「あの、蓮君の怪我に関しては幸いかすり傷ですし、既に手当も終えています。もし何かあった際にも、保険にも入っているので園の方で対応します」

「ああ、それはそうよね。そもそも、怪我をしたのは尊ちゃんのせいじゃなくて、貴方がちゃんと見て……」

「その通りです。蓮君の怪我の件に関しては、目が行き届かなかった僕に責任があります。申し訳ありませんでした」

そう言うと日向は、女性に対して深く頭を下げる。

顔を上げると、女性の表情からは苛立ちが消え、口元には笑みさえ浮かべられていた。

「ま、まあ。わかってくれたならいいのよ」

「でも、責任は僕にありますが、蓮君が怪我をしたのは尊君が押してしまったからです。その事は、尊君もわかってくれています」

「……はあ？」

「尊君。尊君は、蓮君に謝ろうとしてくれてたんだよね？」

頬を強張らせていた尊が、日向の言葉に、若干その頬を緩める。

「う、うん……」

そう言って尊がもう一度蓮と向き合おうとした時だった。

「そうやって自分の監督責任のミスを子供に転嫁《てんか》するなんて、最低ね！」

「あ」

女性は尊の手を強く握ると、尊を見ることなくそのまま園舎へと引っ張って行く。

引きずられる形で連れていかれる尊が振り返り、心配気に日向と蓮の方を見る。

「また明日ね、尊君」

にっこり笑って、バイバイと手を振る。日向の顔を見た尊はホッとしたのか、少しだけ微笑んだ。

仕方がない。尊君と蓮君の仲直りは、明日だな。

日向を肩を竦め、困ったような表情をしている蓮の手を引き、園舎に戻るよう促した。

けれど、二人に仲直りをしてもらう『明日』がくることはなかった。

＊＊＊

「お待ちのお客様、どうぞ」

受付に座る女性に呼ばれ、日向はいそいそと呼ばれた席へと向かう。

「お待たせいたしました、えっと、学生さんでしょうか……？」

ぺこりと頭を下げ、席に座った日向に女性が問う。

「いえ。社会人です」

「あ、ごめんなさい。てっきり十代かと……」

慌てて申し訳なさそうに言われ、日向は苦笑いを浮かべる。

今年二十二になる日向だが、年相応に見られたことはほとんどない。

保育園でも最初の頃は他の保護者から、園児を迎えに来た兄だと思われていたくらいだ。

さらに白っぽい肌に髪は茶色く、瞳の色も明るい茶色。アイドルの誰それに似ている等と言われることもしょっちゅうだ。

ただ、そういった華やかな外見は保育士をする上では邪魔にしかならなかった。

職員は圧倒的に女性も多ければ、迎えに来る保護者もやはり女性が多い。

特にシングルマザーの若い保護者と話していると、たとえそれが子供に関することであっても、主任からは誤解を受けないようにと口を酸っぱくして言われた。

それでも、子供たちは可愛いし、仕事にもやりがいがあった。

保育士の仕事を始めてまだ半年だが、ようやく仕事の要領もつかめてきたのだ。

「それでは、お探しする物件の希望などを、こちらに書いてください」

女性に紙を渡され、台の上にあるペンをとる。

名前に生年月日に住所、そして職業と書かれた欄を次々に埋めていく。

そして職業の欄を書いた時、心なしか女性の表情が引きつった。

『無職（求職中）』

この状況で新しい家探しをするのが、どれだけ難しいか。わかってはいたものの、日向の気持ちは暗くなった。


やっぱり駄目だったかあ……。

自動ドアから出た日向は、殊更大きなため息をついた。

天涯孤独《てんがいこどく》の日向にとって、家探しは元々難しい。求職中ともなるとなおさらだろう。無職の上に保証人がいない人間に家を貸すというのは、不動産会社にとって、そして物件の持ち主にとってもリスクが高い。しかも、貯蓄も僅《わず》かなものしかないため、敷金や礼金を払うのだって精いっぱいだ。

それでも、わかっていたとはいえ、やっぱり落ち込むな……。

不動産屋の前のウインドウに掲載されている物件情報を見ながら、もう一度日向は溜息を着いた。

一週間前、日向は勤めていた保育園を解雇された。いつも通りに朝出勤すれば、深刻そうな表情で園長室に呼ばれ、頭を下げられたのだ。原因は、数日前の尊を迎えに来た女性とのやりとりだった。

日向が退勤した後、物凄い剣幕《けんまく》で件の女性から園の方にクレームの電話がかかってきたのだという。

「いや、私もね、花村《はなむら》君がどれだけ仕事を頑張ってくれているかは知っているし、そう説明したんだけどね。あの保育士をやめさせなければ、今後の寄付金は考えさせてもらうの一点張りで……」

尊の実家は保育園を含めたここら一帯の土地を保有していて、さらに不動産会社や建築会社をいくつも経営している。

ただ、それはあくまで表向きの話で、実際のところは大きなヤクザ一家なのだと園の保育士たちが噂していた。

しかも、保育園にも先代の頃から多大な寄付金を支払ってくれているそうだ。

つまり、尊の実家に睨まれてしまえば、この保育園の経営どころか、存続すら難しいだろう。

尊の職務上のミスではないのだから、それこそ不当解雇でしかないのだが、白髪の多い園長が申し訳なさそうに頭を下げる姿に、これ以上言い返すのは酷《こく》だと思った。

……仕方ないけど、仕事はまた探そう。多分、選ばなければいくらでもあるし。

園長はその後も何度も謝ってくれ、すまなそうに今月末までの給与と、決して多くはないものの退職金も渡してくれた。日向の事情を知っている園長は、すぐに物入りになるということはわかったのだろう。

唯一の心残りはクラスの子供たちに挨拶を出来なかった事、そして尊のことだったが、それは他の保育士がフォローをしてくれるはずだ。

落ち込みながらも、仕方がないと自身を励ましそのまま帰路につけば、顔なじみの女性がちょうどアパートの前に立っていた。

「伊藤《いとう》さん?」

日向が声をかければ、女性はゆっくりと振り返り、皺の多い顔で柔らかく微笑んだ。

「日向君」

大家の伊藤には、日向がこのアパートに住み始めた時から世話になっている。日向の事情も全て理解してくれた上で、アパートも快く貸してくれた。

伊藤自身もアパートの一階に住んでおり、時折おすそ分けにと育てた果物や野菜を届けてくれたりもした。

「こんにちは。よかった、退院されたんですね?」

一カ月前、ちょっとした事故で足を骨折した伊藤は、近くの病院に入院していたはずだ。

「ええ、お陰様で。心配かけてごめんなさいね」

「足はもう、大丈夫ですか？」

杖を持った伊藤の足の包帯《ほうたい》は、既にとれていた。

同じアパートの女性から聞いた話では、骨はすぐに繋がったそうだが、他の検査もあるからと入院が長引いていたはずだ。

「長い時間じゃなければ、立っていても大丈夫だって言われたわ」

「よかった。困ったことがあったら、なんでも言ってください。お使いくらいでしたら、僕にもできますから」

笑顔で日向がそう言えば、伊藤の顔が曇った。なんだろう、そう思った日向に、伊藤が申し訳なさそうに口を開いた。

「それが……あのね、日向君。私、このアパートを取り壊そうと思うの」

「え……？」

「随分前から、この土地を買いたいって人がいてね。死んだ主人の形見《かたみ》みたいなものだから、私は残したかったんだけど、建物も老朽化《ろうきゆうか》してることもあって、住んでくれる人もほとんどいなくなっちゃったでしょ。かといって、立て直すほどのお金もなくて……。それで、今回の怪我で神奈川に住んでいる息子夫婦が来てくれて、その時に一緒に住まないかって言ってくれたの」

伊藤は十年ほど前に夫に先立たれ、二人の息子はどちらも横浜に住んでいると言っていた。

孫に会うにも電車で一時間もかからないし、気楽な一人暮らしを満喫《まんきつ》している、と当時は楽しそうに話していたが、既に年齢は七十を越えているはずだ。怪我のこともあり、弱気になっているのかもしれない。

「そ、そうなんですか……」

「本当に、ごめんなさいね。それで、急で申し訳ないんだけど……来月末までに、なんとか新しいお部屋を探せないかしら？」

「来月末、ですか……」

既に、もう二カ月を切っている。さすがにそれは厳しい、と口に出したかったが、伊藤にだって都合はあるだろう。

「難しい、かしら……？」

「いえ、いえ大丈夫です。ただ、住み慣れた場所を離れるのが、ちょっと寂しいなと思って……。伊藤さんには、とてもよくしてもらいましたし」

「私も、日向君の笑顔からは元気を貰ってたから、寂しいわ」

引っ越しが落ち着いたら、横浜の方に遊びに来てね。

最後まで申し訳なさそうに言う伊藤に、日向は引きつった笑いを返すことしか出来なかった。

無職で住所不定だと、ますます仕事なんて見つからないよなあ……。

保育園を退職して一週間、その間に職業安定所へ行き、失業手当の手続きはしてきたため、当面の生活費は問題ないだろう。

けれど、それだって三ヶ月の間だけだ。だから、それまでになんとか住む場所を探したかったのだが。現実は、なかなか厳しい。

これはもう、行政《ぎょうせい》に相談して何かしらの助言を得るべきかもしれない。

そんな事を思いながら、そろそろ帰ろうかと踵を返すと、ちょうど足を踏み出そうとした瞬間、鈍《にぶ》い衝撃を足元に感じる。

衝撃といっても、決して痛いものではない。

むしろ柔らかく、とても温かな感触は日向がよく知っているものだ。

ゆっくりと視線を下に向ければ、日向の太腿に抱き着いている小さな存在が目に入った。

「え!?　尊君？」

そこにいたのは紛れもなく、つい一週間ほど前まで日向が担当していたクラスの園児である尊だった。

「こ、こんにちは尊君。えっと、今日はお家の人と遊びに来たのかな……？」

日向の足にしがみついたまま、一向に離そうとしない尊に優しく声をかける。

今、日向がいるのは様々なテナントが入っている大型複合施設だ。レストランやアパレルショップも入っているため、休日である今日は家族連れもとても多い。

もしかしたら尊も家族で来ていて、途中ではぐれてしまったのかもしれない。

とにかく、話を聞かなければと日向がもう一度尊に話をしようとすると、

「尊！」

尊を呼ぶ大きな声が聞こえ、弾《はじ》かれたように日向は声のする方を向く。

長身の男性は早足で近づいてくると、少し焦《あせ》ったような声で尊に話しかける。

「お前……急に走り出すな。何かと思うだろ？」

男性の声からは怒りこそ感じられないが、心配していたことは分かる。

細身のスーツを着た男性は近くに来るとますます上背《うわぜい》があることがわかった。

平均身長に届かなかった日向が見上げる程に高いという事は、180㎝以上はあるだろう。

顔立ちも整ってこそいるが、切れ長の瞳は鋭く、強面《こわもて》だ。

けれど、尊は男性に話しかけられてもなお、日向のことを離そうとしない。

そんな尊の様子に、男性の形の良い眉が上がる。

「す、すみません。あの、僕先日まで尊君の保育園の担任をしていまして……久しぶりだったので、思わず飛びついて来ちゃったんだと思います」

助け船を出すように日向が言えば、男性の視線がようやく日向の方へと向かう。

「保育園の、担任……？」

目を細めた男性が、訝し気に日向を見る。

声色こそ静かではあるが、迫力のある怜悧《れいり》な眼差しに、僅かに日向は怯《ひる》む。

明らかに、怪《あや》しまれている。もしかして、不審者だとでも思われているのだろうか。

何とか誤解を解かなければと口を開こうとすれば、日向に引っ付いたままの尊がもぞりと動いた。

「ひなちゃん先生……」

二人の会話を聞いていたのだろう、尊がそう呟いた事により、男性がハッとしたように日向を見つめた。

「そうか！　あんたが『ひなちゃん先生』か！」

先ほどまでの冷たい表情とは違い、僅かにその頬には笑みが携えられている。

あ、ちょっと可愛いかも……。

ほんの一瞬ではあるが、男性の見せた笑顔に日向はホッとする。

よかった、誤解がとけたみたいだ。

ひなちゃん先生、確かに保育園で、日向は園児たちからそう呼ばれていた。

「悪かったな、尊が可愛いって言っていたし、てっきり女の先生だと思い込んでたんだ」

「あはは、名前だけ聞くと確かにどっちかわからないですよね」

可愛い、という単語に少し引っかかりつつも、日向は尊へと視線をもう一度移す。すると、ようやく顔を上げた尊と視線が合った。大きな瞳は、少し涙ぐんでさえいる。

「え……？　尊君……？」

心配げに声をかければ、

「ひなちゃん先生……ごめんなさい……」

子供らしい高い小さな声で、そう呟き、さらに瞳からは涙が溢れてきてしまっている。

「えっえっと……」

一体、これはどういう状況なんだ。

「これは……ちょっとやそっとじゃ離しそうにないな」

諦めたように言った男性が小さくため息を吐いた。

＊＊＊

ファミリー向けのカラフルな内装のレストランは、お昼時を少し過ぎているとはいえ、たくさんの人で賑《にぎ》わっていた。並ばずに入れたのは運が良かっただろう。

ただ、目の前に座る男性はどことなく落ち着かないのか、難しい顔をしている。

「本当に、この店で良かったのか？」

あの後日向を離そうとしない尊に困り果てた二人は、結局昼食を一緒に取ることにしたのだ。

尊は日向と一緒にいられることがわかると、ようやく抱き着いていた腕を離してくれた。

今は隣で、お行儀《ぎょうぎ》よく座っている。

「あ、はい。このお店、子供向けのメニューが充実してるって評判が良いんですよ。ね？　尊君。何食べようか？」

言いながら、目の前にあったメニューを広げて尊に見せる。

「これにする？」

キッズ向けメニューの端にあったドリアを、尊はじっと見つめていた。

尊は基本的に好き嫌いはなかったと思うが、ドリアには目がないのか、保育園で出されるたびに瞳を輝かせていた。日向の言葉に、尊は大きく頷いた。

「えっと、いいですか？」

丸いテーブルの、ちょうど向かい側に座る保護者、周防に了承をとる。

周防誉《ほまれ》と名乗った男性は、尊の叔父で、今日は玩具を買いにショッピングモールに来た、という話をレストランに来るまでの道すがら話してくれた。

一見無口で無愛想《ぶあいそう》に見える誉だが、尊を抱えながらも、歩くスピードは日向に合わせてくれるというところに、優しさが垣間見えた。

「ああ、尊が好きなものを選んでくれていい。お前は？　決まったか？」

「え？　あ、はい。じゃあ、これを……」

メニュー表の最初にあったランチメニューの中から、チキンのソテーを選ぶ。

よかった、これくらいなら持ち合わせがある……。

今の自分の経済状況を考えると、外食をするのは正直痛かったが仕方ないだろう。

周防はすぐ近くにいたホールスタッフを呼び止めると、日向と尊の選んだ料理と、自分のものを一緒に注文した。

「ありがとうございます」

礼を言う。日頃は人に命じる立場にあるだろうし、こういった気遣いが出来る事が少し意外だった。

「いや、それより本当に良かったのか？」

「え？」

「もっと高い店でもよかったんだぞ？」

館内マップが示されたスクリーンを見た際、男性は明らかに値が張る懐石料理や高級焼き肉店を提案してきた。

日向はそれをやんわりと断り、尊が喜びそうなファミリー向けのレストランを選んだ。

「その……一応、詫《わ》びも兼ねてるんだ……」

どこか言いづらそうな、苦い表情をして周防が言う。

「お詫び？」

「いや、尊があんたのことを探してくれて助かった。今回の件、本当に申し訳ない事をした」

そう言うと男性は、日向に対してきれいに頭を下げた。

どちらかというと強面で、頭を下げるという行為は不釣り合いな男性の行為を、日向は呆然と見つめ、そしてすぐに我に返って、慌てて首を振った。

「あ、頭を上げてくださいい周防さん。その……人目もありますし」

声は決して大きくはなかったが、女性が多いレストラン内で男性は明らかに目立っていた。

それは決してマイナスな意味ではなく、むしろ整ったその顔立ちが注目されているのだろうが、注目を受けるのは本意ではない。

日向がそう言った事で、ようやく男性は頭を上げる。

「謝って済む問題じゃないことはわかってる。だが、あんたが園を辞めることになったのは、うちの奴が原因だったんだろ？」

そこまで、言われ、ようやく日向は状況を理解する。

「あ……」

「週が変わって登園したら、尊がひなちゃん先生がいなくなったって家に帰ってずっと泣いててな。どういうことか他の人間に事情を聞けば、うちの奴のクレームが原因だって話だ。何も知らなくて、悪かった。本当に、申し訳ない事をした」

そう言うと、男性は今度は小さく頭を下げる。

どうやら、女性の園へのクレームはあくまで独断で行ったものだったようだ。

「あ、謝らないでください。元々の怪我は、僕の監督不行き届きが原因でもあるんですし」

「その件に関しても事情は聞いた。一応、相手の保護者にも菓子折りを持っていったんだが、大した傷でもなければ、無理やり尊を引っ張った自分の子供が悪いとかえって恐縮していた。多分、あんたがうまく仲裁《ちゅうさい》してくれたからなんだろうな」

「そんなことは……尊君も蓮君も、元々お友達の気持ちが分かる優しい子なんです。自分が悪いって思ったら、ちゃんと謝ることも出来ますし」

日向が尊の方を見れば、尊はキッズメニューのセットについてきた絵本から目を離し、小さく笑った。

「蓮君と、仲直りしたよ……」

「うん、よかった」

全ての話を理解できているとは思えないが、自分の話をしていることはなんとなく尊もわかったのだろう。

日向も園を辞めるにあたり、それだけが心残りだったため、胸をなで下ろす。

「えらいね尊君」と言えば、さらに尊は笑みを深めた。

「子供の事を、よく見てるんだな」

「え？」

「日中は多忙で俺が見れない分、尊の事は如月《きさらぎ》に任せてたんだ。短大で幼稚園教諭の免許も保育士免許も取ったっていうから信用していたんだが……」

如月、というのは尊のシッターをしていたあの女性の名前のようだ。

何度か顔を合わせているが、日向は『尊の保護者』としか紹介されなかったため、初めて名前を知った。

「今回の件で改めて家の人間にも一緒に問い詰めたら、一日の尊に関する報告もあんたが書いた保育ノートの内容をそのまま使っていただけのようだし、尊の面倒もほとんど家のやつらに任《まか》せていたらしい。聞けば、将来的には俺の妻の座に収まる予定だと吹聴して、家の中でも我が物顔で振る舞っていたそうだ」

「ああ……」

なるほど、だから尊の家が持っている権限を自分のものであるかのように使っていたのか。

目の前に座る周防は、見るからに身なりの良いスーツを着ているし、腕につけられた時計もブランドものだ。

尊のシッターをすることによって、そのまま周防との距離を縮めるつもりだったであろうことはなんとなく察せられた。

「あいつの尊に関する報告は細やかで丁寧だったから、信用していたんだ……保育ノートを見て驚いた。尊が慕うはずだ。文章の端々《はしばし》から、尊を大事に思う気持ちが伝わった」

「……ありがとうございます」

ノートを書く時間は限られていたが、それでも精一杯、出来るだけ一人一人の子供の様子がわかるように書いてきたつもりだ。

「子供って、本当に可愛いんです。毎日、一生懸命生きていて……特に三歳になると色々なことが出来るようになるんです。この子たちの一日は、かけがえのない、とても大切な一日なんです。だから、本当は、そんな子供たちの成長を一番近くで見たいのは、親御《おやご》さんだと思います。だから、少しでもそれが伝えられたらと思って……ってごめんなさい」

つい、語りすぎてしまった。こんな話、周防にしたところで仕方がない。

「いや……熱心に、仕事をしていたんだな。それなのに、こんなことになってしまって……」

「もう、過ぎたことですから」

「如月から話を聞いた後、実は園にあんたの退職を取り消してもらえないか聞いたんだ。だが……すでに、新しい人間の雇用を決めてしまったらしく……」

周防の、眉根が下がる。周防自《みずか》ら、そこまでしてくれていたことを日向は知らなかった。

……嬉しいな。

短い間だけでも、自分の仕事が認められたようで、こそばゆい気持ちになる。

「うちの園、園長の人柄も良いですし、働きやすいって評判が良いんですよ。だから、尊君のことは、これからも安心して預けてくださいね」

「あ、ああ」

周防は、どこか腑《ふ》に落ちない表情のままだったが、ちょうど料理が運ばれてきたこともあり、会話はそこで途切れた。


「ご、ごちそうさまでした」

「ごちそうさまでした」

日向が手を合わせれば、隣にいた尊も小さく手を合わせる。

評判通り、レストランの料理はとても美味《おい》しく、尊はゆっくりではあるがすべて平《たい》らげてしまった。

あらかじめ注文していた、セットについてきたデザートを待っていると、それまで二人の様子を黙って見つめていた周防が口をはさんできた。

「個人的な事に立ち入るようで悪いんだが……引っ越しをするのか？」

「え？」

「さっき、不動産屋の前にいただろう」

そういえば、そうだった。現実に引き戻され、苦い笑いを浮かべる。

「あ、はい。……近いうちに」

する、というよりも、しなければならない。

「仕事はまだ、見つかってないって言ったよな？」

現在求職中であることは、先ほど話の流れで日向は説明していた。

「はい……」

「……何か、事情でもあるのか？」

周防が、訝《いぶか》し気に日向の方を見る。とはいえ、その瞳はどこかこちらを気遣うような、そんなまなざしだった。

「言いづらいんだが、引っ越しをするなら次の職を見つけてからの方がいいんじゃないか？　……俺が言えた義理じゃないが」

おそらく周防は親切心から言ってくれているのであろうが、別に日向だって好きで引っ越しがしたいわけではない。

「僕だって、この時期に引っ越しがしたかったわけじゃありません……」

別に周防が悪いわけではないとはわかっているのだが、少しいじけたような口調になってしまった。

「じゃあ、なんで……」

「アパートの管理人さんから、アパートの取り壊しをするから、来月までに引っ越すよう言われたんです」

「それは……だが、二カ月というのはいくらなんでも急なんじゃないか？」

「そうですけど、管理人さんもご高齢だし、事情もあるでしょうし……。古いアパートで、入居者も元々少ないですし、僕のせいで工事の日程を遅らせるのは申し訳ないと思ったんです」

周防は悪くなく、悪いのはタイミングであることは日向もわかっている。それでも、自身の運のなさが少しだけ嫌になってくる。

「……ひなちゃん先生？」

声は大きくなかったが、日向が感情的になっていることに、尊も気づいたのだろう。

「あ、ごめんね尊君。……周防さんも、すみません。込み入った事を話してしまって」

「いや……思った以上にあんたがお人よしだってことはわかった」

「え？」

「そもそも、退職の件だってあんたに非《ひ》は一切ない、所謂《いわゆる》不当解雇だ。保育園側を訴えることだってできるし、俺ならそうする。アパートの件だって老朽化を理由に立て直すにせよ、立ち退き料を要求できる可能性が高い。だが、あんたはそれを一切せずに不利益を受け入れている。お人よしといえば聞こえはいいが、馬鹿正直というか……生きづらそうって言われたことがないか?」

周防の言っていることは正しい。けれど、その口調に、日向の頬がひきつる。

「あ、あなたには……」

関係ないじゃないですか。言い返そうとした言葉は、周防によって遮《さえぎ》られる。

「だが、俺は嫌いじゃない。ちょうど、如月を退職させて次のベビーシッターを探してたんだ。住む場所と食事の保証はする、給料も悪くはないと思う」

「え……?」

「ひなちゃん先生、あんた、尊の専属のベビーシッターにならないか?」

日向が、その大きな瞳をますます大きくした。

プリンアラモード、お待たせいたしました、というホールスタッフの声が聞こえるまで、呆然と日向は周防を見つめ続けた。

1

「運び出すものは、もうありませんか？」

「あ、はい。大丈夫です」

「ではこちらにサインを」

　ペンを渡され、書類の確認欄に日向は丁寧に自身の名前を書く。

「夕方には着くと思いますので、新居の方でお待ちください」

　受け取った大柄な男性はハキハキとそう言って頭を下げると、部屋の外へ出て、カンカンという音を立てて下へと降りていく。

　そして、既にトラックに乗り込んでいた他の男性と同様に、自身もそれに乗り込んだ。

　独特の走行音を出して遠ざかっていくトラックを窓から見つめていると、部屋の中を見渡した周防が小さく呟いた。

「予想より、随分早く運び出しが終わったな」

「まさか、四人も業者の方が来てくれるとは思いませんでした……」

六畳の畳敷きの部屋に簡易キッチンだけがつけられた小さな部屋にあるのは、一つだけ残したスポーツバッグだけになり、殺風景な空間が広がっていた。

半年ほどしか暮らしていなかったとはいえ、それなりに思い入れはあるため少し寂しい気持ちもある。

尊のベビーシッターの件を了承した日から五日。

日向としては、もう少し時間に猶予《ゆうよ》があると思っていたのだが、その日のうちに周防から、引っ越しの日は翌週の金曜日でいいかとの確認の電話があった。

引っ越し業者の手配から何からすべて周防が行ってくれたため、日向は自身の荷物をまとめ、部屋の掃除をするだけで良かったのだが、それでもあわただしい日々だった。

「お前の荷物がどれくらいあるか予想が出来なかったからな。想像していたより遥かに少なかった。家具という家具もほとんどないし、どうやって生活してたんだ？」

「意外と、なんとかなるものですよ」

確かに、日向の部屋にあった家具といえば小さな一人暮らし用の冷蔵庫と、小学校の時から使っている学習机くらいだ。

引っ越し先は周防の家だということもあり、冷蔵庫は運び出されたものの、後で引っ越し業者の方で処分をしてくれるそうだ。

周防の家を出るとき、また買いなおさなければいけない事を考えると金銭的に少し痛かったが、その時までには少しはお金も貯められているだろう。

家賃も光熱費も必要ないにも関わらず、給与はこれまで保育園から貰っていたものよりさらに多くもらえるのだ。

周防には、感謝してもしきれない。

「それにしても、エアコンもついていないとはな……」

部屋の片隅を見上げて、周防が呟いた。

「この部屋は日もよく入るし、夏は暑かっただろ？」

「夜は窓を開けて扇風機を使えばなんとか……休みの日の日中は、図書館へ行ったり」

日向がそういえば、周防は何とも言えない、憐憫の入り混じった、困ったような顔をした。

一人暮らしの引っ越しとはいえ、十数万円の金をポンと出せる周防にしてみれば、日向の生活など想像もつかないのだろう。

「すみません、荷物が少ないこと、もっと早く伝えていればよかったですね」

部屋に上がってきた業者の青年たちは、数個の段ボールと布団、そしてあらかじめ説明していた冷蔵庫と学習机を見て明らかに戸惑っていた。

「一応、最終確認の電話をしたんだが、繋がらなかったぞ」

「え？」

周防に言われ、ジーンズの後ろポケットに入れていた携帯電話を取り出す。

けれど、画面を確認したところで着信があった気配はない。

「……お客様の都合で、繋がらなかった」

「あ……」

そういえば、払わなければいけないと思っていた携帯電話の請求書の封を、未だ閉じたままだったことを思い出す。

電話、止められてたのか……うわあ、恥ずかしい。

年季の入ったガラケーは、インターネットの契約していないため、本来の通話機能くらいしか使っていない。

時折友達からメールが入ってくるのみであるため、使えなくなっていたことに全く気付かなかった。

「す、すみません……」

「それはいいが。それにしても、随分、古い機種だな？」

「え……？」

周防は日向の携帯電話をひょいと持ち上げ、物珍しそうに視線を向ける。

「久しぶりに見たな、ガラケー……」

「そうですね、買ってもらったのは中学の時なので、もう七年くらい使ってます」

「七年？　よく壊れなかったな」

「物持ちは、良い方なので」

信じられない、という顔を周防がして苦笑いを浮かべる。

正確に言えば、壊れたら修理代等がかかってしまうため、出来るだけ大切に使っていたのだ。

「……引っ越し業者が家につくまでは、まだ時間があるな」

周防は自身の時計を確認すると、日向が残した大きめのスポーツバッグを軽々と肩にかけ、玄関の方へと向かっていく。

「え？」

日向は一瞬出遅れたが、振り向いた周防の視線が「早くしろ」と言っているように感じ、慌ててその後を追いかけた。

「ありがとうございました～」

きのこのマスコットがトレードマークの携帯ショップを周防と共に出た日向の手には、真新しいスマートフォンが握られている。

シルバーのボディにはお馴染《なじ》みのリンゴのマークがついており、つい先日発売されたばかりの機種だと先ほどの女性スタッフが説明してくれた。

店を出た隣の駐車場に、周防は自分の車を止めていた。周防が運転席へと乗り込むと、日向も隣の助手席へ身体を滑り込ませた。

アパートまで車で来たと聞いた時には、てっきり運転手付きなのかと思えば、意外にも周防自ら運転してきたそうだ。

仕事の際には勿論運転手がいるが、今日はプライベートでの使用だから、という理由らしい。

ヤクザというと、なんとなく休日もなく働かされるイメージがあったが、日向の偏見《へんけん》なのかもしれない。

周防の車は快調に都内を走っていたが、ちょうど信号で停車したところで、日向は声をかけた。

「あ、あの……良かったんでしょうか？　新しい携帯まで買っていただいて……」

携帯ショップへ連れていかれた時には、てっきり滞納していた代金を支払えということなのだと思ったが、周防は日向の代わりに代金を支払うと、さらに機種変《へん》までしてしまった。

一応「機種を変えてもいいか？」と問われたため了承はしたが、まさか最新鋭のスマートフォンになるとは思いもしなかった。一括で払った代金も日向が想像していたよりはるかに高く、今のスマートフォンはこんなにも高額なのかと衝撃的でもあった。

「ガラケーだと連絡するのにも不便だからな。まあ、就職祝いだと思ってもらっておけ」

「就職祝いって……」

それにしては、あまりにも高額すぎではないだろうか。

「やっぱり、分割でも少しずつお金を」

「だから、大した額でもないんだから気にしなくていい」

こういったやりとりは既に店内でも行っており、最後まで周防は自分が金を出すと聞かなかった。

ここで繰り返したところで、周防が聞き入れることはないだろう。

「ありがとうございます、大切にします」

ううっ……やっぱり申し訳ないけど。せっかくだし、ありがたく受け取ることにしよう。

日向が頭を下げれば、周防の目が僅かに見開き、そして何故か困ったような顔をした後、苦い顔をして言った。

「言いづらいかもしれないが……親の借金か？」

「へ？」

「アパートの古さを考えれば、家賃はそれほどかからないはずだ。服装やアパートの荷物の少なさを見れば、贅沢品を買っているとは考えづらい。保育士の給与は高くないとはいえ、それでももう少しマシな生活はできるはずだ」

「あ……」

周防の言うとおりだ。さらに付け加えるならば日向は食費にも最低限しかお金をかけず、外食することも滅多にない。

「うちで働く事を決めた時、親の許可は取らなくていいかと聞いたら、大丈夫だと言っていただろ？　ひょっとして、親の借金の返済から逃げ回っているんじゃ……」

「ち、違います！」

周防の言葉を、日向は慌てて否定する。

「確かに以前は借金もありましたが、もうそれは払い終わってます。両親は……六年前に亡くなりました」

　一瞬、周防の呼吸が止まったのが分かった。

「事故か何かか？」

「はい。交差点で停止していたら、ブレーキが間に合わなかったトラックに……」

　追突され、二人は即死だったという。

　その日は結婚記念日ということもあり、両親は二人きりで出かけていた。

　日向も一緒に行かないかと誘われたが、ちょうど試験が近かったこともあり、家で勉強することにしたのだ。

　せっかくの記念日くらい二人で過ごしてほしいという、日向なりの気遣いでもあった。

　けれど、深夜にかかってきた電話を受け、タクシーで病院へと向かえば、変わり果てた両親の姿がそこにはあった。

　呆然自失状態の日向に、警察も医師も、かける言葉が見つからなかったようで、日向自身も何を言われたかさっぱり覚えていない。

　両親は小料理屋をやっていたこともあり、日向が気が付いた時には近所の人間たちによって二人は茶毘《だび》に付《ふ》され、葬式も何もかもが終わっていた。

「全面的にトラックが悪いな。慰謝料は払われなかったのか？」

「トラックの運転手も、即死だったんです。今の僕とそう年齢の変わらない若い男性で、病気のおばあさんと二人暮らしだったみたいで。おばあさんの医療費を払うために、昼夜を問わず働いていたみたいです。……ブレーキが間に合わなかったのも、過度の疲労から意識が朦朧《もうろう》としていたんじゃないかという話でした」

遺族である高齢女性は病院のリノリウムの上、日向に対して深々と土下座《どげざ》をして謝った。

ごめんなさい、ごめんなさい。

自分も孫を失っているというのに、やせ細ったからだで日向へと謝罪をした。

罵ることなど、とても出来なかったし、生活をするだけでも精一杯の女性に慰謝料を請求することなどとてもできなかった。

それでも月に一度、少ない年金の中から今も女性は日向へ慰謝料を払ってくれている。

「……お前の借金は、両親が残したものなのか？」

「タイミングがよくなくて。小さな小料理屋をやっていたんですが、ちょうど改装をした後だったんです」

祖父の代から続く、近所では評判の店だった。

もっと多くの人が入れるような店にしてほしい、そんな要望に応え、席数をこれまでの倍にするための改装をしたのだ。

新装開店をした後も客足は好調で、それこそ改装費用などあっという間に払い終えるはずだった。

「借金まで相続をする必要はなかったんじゃないのか？　それこそ、自己破産をすれば……」

「弁護士さんからも、そう言われました。だけど、小さな小料理屋でしたが、従業員も二人いて。一人はあと一年で退職する予定だった祖父の代から働いてくれていた人で、もう一人は子供が生まれたばかりだったんです。相続を放棄すると、彼らに払う給与も退職金もなくなってしまうので……。店と家を全部売れば、借金も半分以上返すことが出来たし、相続することにしたんです」

通っていた私立高校はやめなければいけなくなったし、家も失い、頼れるような身内もいなかった。

当時の日向の行き先は、児童養護施設しかなかったのだ。

「だけど、僕の事情を知った施設長さんはとても同情してくれて……幸《さいわ》いにも、そこで働きながら暮らせることになったんです。五年間そこで働けば、高校を出ていなくても保育士の試験を受けられるって言われて。僕、子供のころから教師になりたかったので、保育園の先生もいいかなって思って」

そして、五年間働いたのち、無事に保育士資格を取得できた日向は春から保育園で働き始めたのだ。

「……恨んだり、腹が立ったりしなかったのか？」

「何にですか？」

周防の問いに答えれば、形の良い眉間に皺が寄った。

「自分自身の境遇や……周りの人間に対してだ」

言葉を選びながら、周防が言った。

「両親が亡くなったことは、確かに、とても悲しかったです。だけど、施設では働きながら色々な事を教えてもらいましたし、保育園だって、僕の事情を知って採用してくれました。保育園では働けなくなっちゃいましたが、周防さんに採用してもらえましたし……僕自身は、周りの人に、すごく恵まれていると思います」

悲しみや絶望は、何度も感じた。なんで自分だけがこんな目にと思ったことだってある。だけど、それでもその時々で自分は周りの人に助けられてきた。だから、日向自身は今の自分が不幸だとは思っていない。

「……まるで、『星の銀貨』だな」

ため息をついた周防が、呟いた。

「『星の銀貨』って、グリム童話のですか？」

「ああ。自分の持っているものを、自分より困っている人々にすべて渡してしまった少女の話だ」

「ええ、子供たちにも読みました。僕、あの話好きなんです」

「……俺は嫌いだった」

周防が、はっきりと口にした。

「自分の持っているものをすべて他人に渡す事が出来るなんて、そんな人間いるわけがないと思った。だが……いるんだな、お前みたいな人間も」

再び信号で車を止めた周防が、日向の方へと顔を向ける。

喜怒哀楽をあまり見せないその表情を緩めた笑顔は、これまで見たことがないほどやさしいものだった。

「違いますよ、僕はそんなきれいな人間でもないです」

なぜだか恥ずかしくなり、慌てて視線を反らす。そんな日向の様子に、周防はますます笑みを深めた。

「日向、改めて尊のことをよろしく頼む。多分あんたなら、あいつの寂しさを埋めることもできると思う」

「はい。精一杯、尊君のお世話をさせてもらいます」

日向の言葉に、周防は満足げにうなずいた。

は、初めて名前呼ばれた……。

日向の心は嬉しさと、そしてくすぐったさでいっぱいだった。

なんで、こんなに胸がドキドキするんだろう。

そして熱がたまる頬をこっそりその手で扇いだ。

＊＊＊

目の前に大きくそびえ立つ、瓦屋根《かわらやね》のついた門を見上げた日向は、思わず何度か瞬きをした。

「数奇屋《すきや》づくりって言うんでしたっけ……？」

かなりの敷地面積を持つ和風の邸宅を見た日向が呟《つぶや》けば、

「よく知っているな」

と横に立つ周防に感心される。

「すごく大きなお屋敷ですね」

「まあ、ヤクザの本宅なんてこんなもんだろ」

確かによく見れば、屋敷の塀は一般の住宅よりも高く、監視カメラもいくつか取り付けられている。

ああ、そういえばそうだった。話していると忘れてしまいそうになるが、周防自身もヤクザだったのだ。

セキュリティがしっかりしているのだろう、門の隣にあったドアロックの指紋認証を終え、さらにその後パスワードらしき数字を入力している。

「そういえば、周防さんが組長さんなんですか？」

さりげなく日向がそう問うと、周防の動きが止まった。

「……なんか、お前が言うと自治会の役員にしか聞こえないな」

「え？　そうですか？」

確かに、日向はこれまで実際のヤクザとお目にかかったことは一度もない。

「組長は親父だ。後で紹介するが、お前の事は事前に話してるし心配しなくていい」

「はい。ありがとうございます」

日向が素直に返事をすれば、ますます訝し気な顔をされる。

「一応、花屋敷組《はなやしきぐみ》といえば全国的にも名の知れた極道一家のはずなんだが？」

「あ、確かに聞いたことがあります」

「……お前、怖くないのか？」

周防に問われ、日向がその大きな目を、何度か瞬かせる。

「いえ、だって昔ながらの極道ってことですよね？　そういう方々って、誇りを高く持っていらっしゃるでしょうし、僕みたいな素人《しろうと》には手を出さないと思うんですけど」

思ったままを口にする。身なりや職業でその人間を判断してはいけない、それは死んだ父から幾度も言われた言葉だった。

周防が、驚いたように日向の顔をまじまじと見つめた。

「……そうだな、お前の言う通りだ」

強がりではなく、心からの言葉だとわかったのだろう。

「お前……やっぱり変わってるな」

周防が、その頬をわずかに緩めた。

「え？」

そんなにおかしな事を言っただろうか。

そう思い、聞き返そうとしたところで門が開き、家の中から小さな存在が飛び出してきた。

「ひなちゃん先生！」

パタパタと、小さな足で走ってきたらしい尊が、勢いよく日向の腰へと抱き着いてくる。

「わっ」

少し後ずされば、すぐ横にいた周防が腕を伸ばして支えてくれた。

「あ、ありがとうございます」

「こら尊、危ないだろ」

周防に言われた尊が、日向の腰に引っ付いたまま顔をあげる。

「ご、ごめんなさい……」

「大丈夫だよ。一週間ぶりだね、尊君」

日向がそう言えば、尊が嬉しそうに頷く。

「まあ、あんまり怒らないでやってください。尊ぼっちゃん、園から帰ってからずーっと待ってたんですから」

尊の世話をしていたらしい、髪の色の明るい青年が、苦笑いを浮かべる。

そういえば、今日は年に一度の区内の保育士たちの研修日で、保育は午前の間しか行われない。

勿論、保護者に事情がある場合は午後も見てもらうことも出来るが、どうやら尊は午前で帰ってきたようだ。

「ひなちゃん先生」

「ん？　なに？」

「よろしく、お願いします……」

少し恥ずかしそうに、尊が小さな声で言った。

利発な尊は、レストランで周防が日向に尊のベビーシッターをしないかと言ったときから、自分の面倒を日向が見ることになることを薄々感じていたようだ。

それまで離さないとばかりにくっついていたのに「また、会える？」と別れ際に確認をして来たのも、それがわかっていたからだろう。

数日前に電話で話した周防からも、尊がとても喜んでいたと聞いていた。

「うん。こちらこそ、よろしくお願いします」

にっこりと笑ってそう言えば、尊は大きな瞳をきらきらと輝かせ、もう一度、ギュッと日向に抱き着いてきた。

「尊。嬉しいのはわかるが、これから先生には家の中を案内しなきゃいけないんだ。部屋で遊んでろ」

日向としては、尊も一緒で構わないのだが、そういえばこの家の主である組長にも挨拶をしなければならないと言っていた。

「ごめんね尊君、また後で一緒に遊ぼうね」

優しくそう言えば、尊は納得したようで、こくりと頷いた。

「ヤス、あとは頼んだ」

「あ、はい……！」

尊が日向から離れたのをちらりと見た周防は、ヤスと呼んだ青年へと顔を向ける。

ヤスは周防に頼まれたことが嬉しいのか、表情を明るくしたが、日向が小さく頭を下げるとあからさまに眉間に皺を寄せた。

え……？　なんか、にらまれた……？

気のせいだろうか。ヤスはすぐに日向から視線をそらすと、尊の手を引いて庭の方へと歩いて行った。

「どうした？」

二人が行ってしまったことにより、玄関へ向かおうとしていた周防は、立ち止まっている日向に首をかしげる。

「あ、いえ。なんでもないです……」

彼とは初対面のはずだし、おそらく気のせいだろう。

気持ちを切り替えた日向は、周防に続いて玄関の方へと向かった。

張り替えられたばかりの井草のにおい。床の間のある掛け軸に、花瓶に生けられた菖蒲《しょうぶ》の花。

窓からは柔らかな光が差し込み、その先には純和風の庭園が広がっている。

二十畳はあるだろう広い和室に通された日向は、この屋敷の主で、周防の父でもある周防尊成《すおうたかなり》と向き合っていた。

白髪交じりの髪に、威厳に満ちた表情で見据えられ、無意識に日向の背筋も伸びる。

ただ、緊張はしても恐ろしさは感じなかった。それは、一見厳しく見える尊成の瞳が深く、穏やかなものだったからだ。

「あんたが、新しい尊の子守役か」

「ベビーシッターです」

日向が答える前に、少し離れた場所に座っていた周防がすかさず突っ込みを入れる。

「どっちでもいいだろ。そもそも尊は三歳だ、赤ん坊って年じゃねえ」

「ベビーシッターといっても、赤ん坊の面倒を見るという意味ではありません」

「いちいち細かい奴だな」

尊成が、これ見よがしなため息をついた。

外見からはもう少し気難しそうな印象を受けたが、二人のやりとりを見る限り、気風《きっぷ》の良い初老の男性、といった感じだ。

「あ、あの」

二人の間に口を挟むのは少し憚《はばか》られたが、このままでは埒《らち》が明かない。

「花村日向です。今日から、尊君の面倒を見させていただきます。どうぞ、よろしくお願いいたします」

そう言うと日向は膝の先に手をそろえ、ゆっくりと頭を下げた。

「基本的な仕事は尊の面倒を見ることですが、手が空《あ》いてるときには家の事もしてくれるそうです」

周防が、補足するように言ってくれた。

これは周防に言われたわけではなく、日向の方から頼んだのだ。

ベビーシッターといっても日中は尊も保育園に行っているのだし、その間に何もしないというのはさすがに気が引けた。

「花村……花村って言ったか？」

黙って二人の話を聞いていた尊成だが、何かが引っかかったのか少し前のめりになる。

「は、はい」

「あんた、もしかして花村屋の倅《せがれ》か？」

花村屋、それは日向の両親がやっていた店の名だった。

「……はい」

日向が頷けば、尊成の表情がパッと明るくなった。

「ああ、やはりあの時の赤ん坊か。でかく……はなってないようだが、成長したなあ！」

「え……？」

「親父《おやじ》、知り合いですか？」

「お前は覚えてないかもしれないが、二十年くらい前まではよく食べに行ったんだ。天ぷらも丼も、あそこの飯《めし》はなんでも美味しくてなあ。いやあ、懐かしいな」

昔を懐かしみながら、上機嫌に言う尊成に、日向も小さく頭を下げる。

「それで？　親父は元気か？　あの、別嬪《べっぴん》さんの女将《おかみ》さんも」

「あ……」

どう説明しよう、一瞬迷ったのは、尊成が両親と店のことをとても楽しそうに話してくれたからだ。けれど、黙っていても仕方がない。

「両親は、亡くなりました。お店も、閉店しています」

日向の言葉に、尊成の顔から笑みが消えた。

「いつだ？」

「六年前です……ちょうど、俺が入院していた頃だな」

ぽつりと、尊成が呟いた。尊成にとって、両親の店はおそらくとても思い入れのある店だったのだろう。

呆然としたまま、そのまましばらく黙り込んでしまった。

「日向、と言ったな？」

ようやく口を開いた尊成は、穏やかな表情で日向の名を呼んだ。

「はい」

「お前の親父には、若い頃よく世話になったんだ。何も知らなくて、悪かったな……」

「い、いえ。そんな」

むしろ、両親を知っている人に会えたことが、日向としては嬉しかった。

「お前今、いくつになる？」

「今年で、二十二になります」

「両親を亡くしたのは、十六の時か。……大変だったな」

言葉こそそっけないが、尊成の瞳は優しく日向を見つめた。

「いえ……」

「あんたが子守役なら安心だ。花村の息子だからな。尊の事、どうかよろしく頼む」

そう言うと、尊成はゆっくりと頭を下げる。

「あ……」

相手は関東一円に顔が利くヤクザの組長だ。まさか、そんな風に頭を下げられるとは思わず、日向は戸惑う。

周防も同じようで、日向がちらりと横を見れば、呆然とした表情で尊成を見据えていた。

「そ、そんな顔をあげてください。精一杯、尊君の面倒を見させてもらおうと思います」

日向がそういえば、尊成は顔を上げゆっくりとうなずいた。

周防の方を見れば、ゆっくりとうなずいた。

「じゃあ親父、また夕食の」

尊成に対して周防がかけた言葉は、尊成によって途中でさえぎられた。

「ところで日向」

「あ、はい」

「お前、料理はできるか？」

尊成に問われ、日向はその大きな瞳をぱちりと瞬かせた。

2

朝の五時半。まだ誰も起きていない周防邸の廊下を、日向は足音を立てないように歩く。

広く、大きな周防邸は本邸と離れに分かれており、本邸に住むのは基本的には周防の身内だけだ。

けれど、日向に用意されたのは離れではなく、本邸の部屋だった。

離れには部屋住みと呼ばれる組員が住んでいるようだが、部屋数は多く、世間一般のイメージのように大きな部屋で集団で生活しているわけではないそうだ。

なお、周防邸に住んでいるのは比較的組に入って年数の浅い若い衆で、それ以外の組員は外にも家を持っており、交代で泊まりにくるという。

「え？　別に離れの方でいいですよ？」

日向はもちろん組員ではないが、かといって周防の身内というわけでもないのに本邸に部屋を構えていいのかと少しばかり抵抗があった。

「……出来るか。そんな狼の群れに羊を放り込むようなこと」

「え……？」

「それに、尊は本邸に住んでるんだからこっちにいた方が便利だろ。あと、料理だってしなきゃなんねえんだし」

「あ、それはそうですね……」

昨日、尊成から出来れば日向に食事を作ってもらえないかと頼まれたのだ。最初、日向は料理はできるがあくまで自己流で、専門で料理を習ったこともないため断ったのだが、父の料理のイメージが強かったのだろう。簡単なものでもいいから、作って欲しいと頼まれた。

食事を作る台所と、周防たちが食事をとる広い和室は確かに本邸にあるし、朝食を作る時間を考えればその方がありがたい。

「一応お前のことは説明してあるし、変なちょっかいをかけてくる奴はいないはずだが……何かあったら言えよ」

「はい、ありがとうございます」

確かに、新入りが本邸に住んでいるのだ。あまりよく思わない人間は多いだろう。

「最初に言っておくが、ここにいるのはお前がこれまで関わったことのないような奴らばかりだ。必要以上に近づく必要もない」

「え？」

どういう意味だろうか。

「親父との話を聞く限り、両親が亡くなるまでのお前はそれなりに恵まれた家庭で育ってきた……所謂、温室育ちだ。だが、ここにいる人間のほとんどは違う。最初から親の顔を知らない人間もいれば、生まれた時から親がムショの中だった人間だっている。勿論、どんな家庭環境だって真っすぐに育つ人間だっているが、ここの奴らはそれが出来なかった奴らだ」

淡々と組員の事を説明していく周防からは、彼らを差別するような意図は感じられない。むしろ、憐憫の情すら感じられる。こういった言い方をするのも、日向を心配してのことだろう。

「気遣ってくださり、ありがとうございます。確かに、僕は彼らに比べると育ってきた環境も考え方も甘いかもしれません。でも、僕は彼らをすごいと思います」

「……は？」

「児童養護施設で働いていたので、大変な環境にいる子供たちはたくさん見てきました。施設を出ても、それこそ仕事がうまくいかなかった子も……。でも、だからこそヤクザの部屋住みが出来るってすごいですよ。朝早くから仕事をしなければならないし、集団生活なので、協調性も必要だし。なかなか出来ないんじゃないですかね？」

言外に、彼らがそう悪い人間ではないと思う、と意思を伝える。勿論、ヤクザという仕事が社会的にあまり良いイメージがない事もわかっているし、花屋敷組の仕事の内容だってよく知らない。

ただ、周防とその父である尊成の人間性を見る限り、その二人についてきているのならばそんなに悪い人間ではないのだろうかと、なんとなくそう思ったのだ。

「甘い考えだな」

吐き捨てられるように言われ、思わず苦笑いを浮かべる。

「すみません」

「お前の頭の上……本当にいつか銀貨が降ってきそうだな」

呆れたような言い方をしながらも、周防が口の端を上げた。やっぱり、笑った顔は少し可愛いと思った。

昨日案内された台所に入り、電気をつける。

台所というよりは、厨房といった方がいいかもしれない。

組員の分まで作るというだけのことはあって、一般家庭の倍の広さはあった。

コンロとシンクを見れば、水滴も残っておらず、きれいに片付いている。

シンクの下の扉を開き、中を確認する。鍋を一つ手に取って鼻を近づければ、なんのにおいもしなかった。

調理器具がどれだけ大切か、それは幼い頃から何度も父親が口を酸《す》っぱくして言っていた言葉だった。どんなに良い具材を使って調理をしても、調理器具に油や洗剤のにおいが残っていると、料理の味が落ちてしまう。

菜箸《さいばし》の一つでも丁寧に洗わなければいけないと、そう父は言っていた。

尊成から朝昼晩の食事を作ってもらえないかと聞かれたとき、正直日向は戸惑った。

物心がついた時から、ずっと厨房に立つ父を見てきたし、今でも料理は好きだ。

それは、父の味を残せるのはもう自分しかいないという、そんなある種の責任感に似た気持ちさえ持っていたからだ。かといって、自分はどこか専門の学校に通ったこともなければ、誰かに弟子《でし》入りをしたわけでもない。

人手が少ない時には店の手伝いはしていたとはいえ、作っていたのはそれこそ小鉢や添え物ばかりで、メインの料理はいつも父が作っていた。

自分がしているのは自己満足で、あくまで見様見真似《みようみまね》のものだ。

けれど、日向は尊成の言葉を断らなかった。断れなかった、という方が近いかもしれない。

それは、自分の作った料理が食べたいという尊成の視線に、強い気持ちを感じたからだ。

……どこまで再現できるかはわからないけど、やるだけやってみよう。

元々、尊の食事は日向が作る予定だったのだ。一人分を作るより、たくさん作った方が効率も良いだろう。

そう思った日向はまず棚から鰹節《かつおぶし》を取り出し、小鍋に入れて出汁《だし》をとった。

出来れば昆布を時間をかけてつけておきたかったが、今日は時間がないため火にかける。

明日の分は、夜のうちにつけておこう。

そう思いながら、冷蔵庫と、そして食材庫の確認をする。周防から事前に説明されていた通り、飲食店の厨房のように具材も調味料もみなそろっていた。

感心しながら、日向は今日の昼食の献立《こんだて》を考える。

周防の話では、尊成は血糖値《けっとうち》が高いため、医師からも糖質《とうしつ》を取りすぎないよう言われているのだという。若い頃の不摂生《ふせっせい》がたたり、肝臓《かんぞう》もよくないため、食事の内容にも気を使わなければならないそうだ。

ただ、厳しい食事制限があるわけではないため、工夫次第ではいろいろな料理を作ることが出来る。

そういえば、尊成さん、朝はふすまパンを食べるって周防さん言ってたっけ。

昨晩の周防の言葉を思い出し、冷凍庫をあけてみれば、確かにいくつかのふすまパンが入っていた。糖質が低いふすまパンは、糖質制限をしている人間にとっては強い味方だと、以前テレビか何かでみたことがあるし、日向も食べたことはあるのだが。

素朴な味がして美味しいけど、毎日だとさすがに飽《あ》きちゃうよね……。

そもそも、尊成は日向の父親の店に通っていたくらいなのだから、元々和食が好きなのだろう。そうなると、やはり白米を食べて欲しい。

白米は確かに糖質が高いが、栄養価だってとても高いはずだ。それなら、他のメニューの糖質を減らして、白米を出そう。

場合によってはこんにゃく米を混ぜるという方法もあるし、玄米《げんまい》だって炊き方次第でとても美味しくなるはずだ。

考えながら、沸騰する前に出汁の入ったコンロを止める。

湯気が上がり、台所にふわりと鰹節の香りがひろがる。味噌をいれるより先に、炊飯器の蓋を開く。

年季の入った大きな炊飯器は、十合まで炊けるようだ。

周防たち一家と一緒に、部屋住みの組員たちの分も炊けば、七合という量になった。

炊飯器に内窯《うちがま》をセットし、とりあえず三十分ほど水につけておく。

そうこうしているうちに、台所の扉がガラガラと音を立てて開いた。

「あ、ヤス君、おはようございます」

顔を出したのは、昨日尊の世話をしていた坂口靖之《さかぐちやすのり》だった。

今年組に入ったばかりの坂口は、年齢もまだ二十歳になったばかりで、金に近い脱色した髪に、耳にはいくつものピアスが開いている。皆が「ヤス」と読んでいたのを聞いていたため、一応日向もそれにならってみる。

あどけなさもまだ残っており、さらに年齢も近いことから日向は親近感すら覚えたのだが、どうやら坂口はそうではないようだ。

台所に立つ日向にあからさまに顔を顰《しか》め、無言で中へと入ってくる。

日向が来るまでは尊の世話をしていたという話だし、もしかしたら仕事をとられたことが面白くないのかもしれない。

「……何合炊いたんすか？」

炊飯器のスイッチが入っていることを確認した坂口が、ぼそりと聞いてきた。

「え？　七合です」

「は？　昼と夜の分も炊いたってこと？」

「いや、そうじゃなくて。せっかくだから他の組員さんの分も一緒に炊いた方が早いと思ったんです」

日向がそう言えば、坂口の眉間に皺が寄った。

一番若いとはいえ、ヤクザの端《はし》くれだ。それなりの迫力があった。

「そりゃそうだけどよ、朝は俺たち米を食べるのは遠慮してんだよ」

「え？　どうしてですか？」

「親父が米食えねえのに、俺らだけ食うわけにはいかねえだろ」

なるほど、そういうことか。やはり尊成は白米が好きなようで、坂口たちにしてみれば、自分たちだけ食べるのは気が引けるのだろう。

尊成と組員たちとでは食事をとる場所も違うはずだし、食べていても見られることはないはずだ。それでも、そういった気遣いを出来る時点で、やはり坂口は悪い人間ではないと日向は思った。

「白米以外の糖質を抑えれば大丈夫ですよ。お味噌汁を具沢山《ぐだくさん》にして、卵焼きも砂糖じゃなく出汁巻にします」

日向がそう言えば、坂口は訝し気な顔をして片眉を上げたが、それ以上は何も言ってこなかった。

そして、無言で日向の隣に立つと、調理台の上に置かれた材料を見つめる。

「あ、お味噌汁と出汁巻卵は僕が作るので、ヤス君はほうれん草の胡麻和《ごまあ》え作ってもらっていいですか？」

「はあ？」

日向が言えば、坂口はあからさまに嫌な顔をした。

「親父の朝食を作るのは、あんたが任された仕事だろ？　俺は他の組員の分を作りに来たんだけど」

「え？　だから、組員さんたちの分も作ってるんですけど」

「……は？」

「周防さんにも昨日確認したら、一緒に作っても構わないって言われたので」

坂口は思い切り眉間に皺《しわ》を寄せたが、周防の名前を出されたこともあり、逆《さか》らえないと思ったのだろう。

渋々ながらも、ほうれん草を水で洗い、切り始めた。

小料理屋で働いていたこともあるという話だが、確かに筋は良いようだ。

さらに調味料の分量を指定すれば、また顔を顰められたが、それでも言うことは聞いてくれた。時間がない中、これだけの人数の朝食を作るのは至難《しなん》の業《わざ》だ。

台所には大きなテーブルが置かれているため作業はしやすかったが、タイミングを間違えば冷めた料理を出すことになってしまう。

せっかくなら、尊成や尊は勿論、他の組員たちにも温かいものを食べてもらいたい。

だから日向は坂口に言って、他の組員たちに離れまで料理を運んでもらうように頼んだ。

坂口は面倒くさそうな顔をしたが、ポケットに入れてあったスマートフォンで兄貴分らしき人間に連絡してくれたため、料理は温かいまま運んでもらえることになった。

そして、日向は坂口と一緒に母屋《おもや》である本邸の居間へと出来上がった料理を運んだ。

温かいご飯に野菜のたっぷりはいった具沢山の味噌汁、出汁巻卵にほうれん草の胡麻和えと、シンプルながらもきれいな朝食が広い座卓へと並べられた。

周防の話では、尊成の食事は少し前まで住み込みで働いていた女性が作っていたそうなのだが、高齢ということもあり、腰を悪くして台所に立てなくなってしまったそうなのだ。

周防の父親の代から働いていたという女性の趣味はとても良いようで、台所に並べられていた食器はどれも美しく、風情《ふぜい》のあるものだった。

そのため、ちょっとした和食を並べただけでも、十分様になっていた。

それを眺めていると、料理は味も大切だが、それを彩る上では食器も大切だという父の言葉を、ふと思い出した。

「ひなちゃん先生！」

ガラリと襖が開き、廊下から既に着替えを終えた尊が顔を出した。

「あ、おはよう、尊君」

「おはようございます」

恥ずかしそうに、ぺこりとお辞儀《じぎ》をする姿が微笑《ほほえ》ましい。

「……さすが、見事な和定食だな」

「あ、おはようございます周防さん」

後ろから現れた周防が、座卓に並んだ料理を見て言った。

既に髪型は整えられており、きっちりとしたスーツを着込んでいる。

「ああ、これはうまそうだ」

最後にやってきた尊成も、頬を緩めてそう言った。

「尊成さんも、おはようございます。冷めないうちに、どうぞ召し上がってください」

料理は三人分用意し、さらに座布団も置いておいた。

まず最初に尊成が座り、ひよこの絵柄がついた茶碗の前に尊が座る。

尊成を中心にして、尊と周防を向かい合わせにしてあるのだが、それを見た周防はなぜか決まりが悪そうな顔をしている。

「……俺の分もあるのか？」

「あ……」

周防が問えば、ちょうど急須《きゅうす》と湯呑《ゆのみ》を乗せた盆を持ってきた坂口が、慌てたように声を出した。

「え？　何か嫌いなものでもありますか？」

「いや、そうじゃない。ただ……」

「だったら、一緒に食べていってくださいよ。尊君だって、おじいちゃんと周防さんの三人で食べた方が嬉しいよね？」

既に行儀よく座っている尊に問えば、大きな目を瞬かせ、こくりと大きくうなずいた。

「そ、そうか？　じゃあ、食べていくことにするか」

「はい、そうしてください。みんなで食べた方が美味しいですよ」

笑顔で日向が言えば、少し照れたような顔をしながら周防が座布団の上に座った。

三人が同時に手を合わせたのを確認すると、デザートに出すヨーグルトとブルーベリーを作りに台所へと戻った。

「あんた……すげえな」

同じように台所に戻った坂口が、開口一番に言った。

「え？」

「周防さん、和代《かずよ》さんがいた頃から朝食は家でとってなかったんだぜ？」

和代というのは、以前住み込みで働いていた女性だ。

「そうなんですか？」

「ああ。周防さん、ヤクザっていっても昔堅気《かたぎ》じゃないし、元々はこの家にも住んでなかったんだよ。親父に報告がある時に、仕方なく顔を出すくらいだったっていうか。尊ぼっちゃんの両親が亡くなって、仕方なくこっちに住み始めただけで、本当はあんまりここにいたくないいんじゃねーかな」

「え？　どうしてですか？」

「いや、だって周防さんめちゃくちゃ良い大学出てて、弁護士資格だって持ってるんだぜ？　俺たちみたいな馬鹿とは一緒にいたくないいんじゃないかと思う」

なるほど。周防は仕事の出来る風体はしていたが、やはり経歴的にも申し分がないようだ。

ただ、坂口の意見には賛同できなかった。

「うーん、そんなことはないと思いますけどね」

冷蔵庫に冷やしておいたヨーグルトと、そしてブルーベリーをとり出しながら日向は言う。

「周防さん、一見冷たく見えますが情が深いと思いますよ。今まであまり本邸にいなかったのだって、むしろ組員の皆さんが自分がいると気を使うから、じゃないですかね？」

出会ってからまだそれほど長い時間は経っていないとはいえ、周防の人柄はかなり良いと日向は思っていた。

そもそも保育士を退職した原因にだって、周防は間接的にしか関わっていないのに、日向に新しい職を紹介してくれたのだ。

組員たちに対しても、周防自身は手厳しい言い方はしていたが、日向がそれを否定すればどこか嬉しそうにしていた。

そのことからも、周防が組員のことを大事に思っているのが分かった。

日向の言葉に、坂口はなぜか驚いたような顔をする。

さらにそのままデザートを乗せた盆を日向が持っていこうとすれば、代わりに持ってくれた。

「あ、ありがとうございます」

「……別に」

三人分しか乗せていないとはいえ、ガラスのカップはそれなりの重さがあった。

坂口と共にもう一度居間へと顔を出してみると、部屋の中には穏やかな空気が流れていた。

「ひなちゃん先生、僕、全部食べられたよ！」

日向の顔を見た尊が、嬉しそうに言った。

「わあ、よかった～！　美味しかった？」

「うん、あのね、卵が甘くなくてちょっとびっくりしたけど、美味しかった！」

そういえば、尊は甘い卵焼きが大好きで、保育園で出ると嬉しそうにしていた。

ただ、出汁巻卵も気に入ってくれたようで、きれいに平らげている。

「あ、ごめんなさい。僕、尊君が食べるのを手伝うはずだったのに……」

朝食を作るのに一生懸命になりすぎて、本来のベビーシッターの仕事をすっかり忘れてしまっていた。慌てて向かいにいる周防に謝れば、小さく笑われてしまった。

「だよな。俺も、食事だけ用意してそのまま台所に戻っていくからおかしいと思った」

「ですよね……ごめんね、尊君」

謝ったものの、尊は意味がわからなかったようで、こてんと首を傾《かし》げただけだった。

ちらりと尊のテーブルの上を見れば、三歳児にしてはとてもきれいに食べられているが、それでも汁物《しるもの》等が所々零れてしまっている。

勿論、周防も声をかけてくれたのだとは思うが、やはりまだ大人の手が必要だろう。

うーん……台所の方はヤス君に任せても大丈夫かな。だけど……。

「そうだな、明日からは隣で日向も食べるといい」

「え……？」

三人の様子を見ていた尊成に言われ、日向は尊成の方へと顔を向ける。

「で、でもベビーシッターの僕が一緒に食べるわけには……」

言いながら、こっそりと周防の様子を伺えば。

「別に構わないだろ。尊のやつも、お前がいなくなってからずっとソワソワしてたし。なあ尊、ひなちゃん先生と一緒にご飯食べたいだろ？」

「うん！」

周防の言葉に、尊が大きくうなずく。こうまで言われてしまうと、断る理由もなくなってしまう。

「だけど、台所の仕事は……」

「それは俺がやるんで、気にしなくていいですよ」

日向たちの話を聞いていたのだろう。食べ終わった食器を片付けながら、坂口が言った。

「あ、ありがとうございます……」

礼を言えば、坂口は何も答えなかったが、表情からは特に不満は感じられなかった。

「それにしても日向、正直そんなに期待してなかったんだが、朝食、うまかったぞ。やっぱり親子なんだな、父親の味とよく似てた」

「ありがとうございます」

日向は調理の専門学校に行ったことはなかったが、子供の頃はよく実家の厨房に出入りをしていた。出入り、といっても決して遊ばせてもらったわけではなく、基本的には店の手伝いだ。

それも、手は手首までしっかり洗わなければいけなかったし、子供とはいえとてもきっちりしていた。

ただ、出来上がった料理の味見をさせてもらえるため、日向は店の手伝いが大好きだった。味が再現できているのは、父の残したレシピ通りに作っているという事もあるが、もしかしたら、父親はそうして日向に自分の味を覚えさせたかったのかもしれない。

「確かに、朝は食べる習慣があんまりないんだが、今日は箸《はし》が進んだな」

そう言った周防の皿を見てみれば、確かに全てきれいに平らげられていた。

「味噌汁も出汁巻卵も、全部うまかったが、ほうれん草の胡麻和えの味付けが特によかったな。苦《にが》みがなくて自然な甘さで」

「あ、それはヤス君が作ってくれたんですよ。包丁の入れ方もすごく上手で」

「え……」

まさか自分の名前が出されるとは思わなかったのだろう。坂口が、驚いたような顔で振り返った。

「そうなのか？　なんだ、それならもっと前からヤスにも作ってもらえばよかったな」

周防の話では、和代がいなくなってからは、尊成の食事は近くの仕出し屋が作る出来合いのものがほとんどだったという。

一応坂口にも声をかけたのだが、尊成の食事を自分が作るなどとんでもないと及び腰だったようだ。

「い、いえそんな俺は……」

尊成に話しかけられ、緊張しているのだろう。よく見れば、身体はがちがちに固まっていた。

「好き嫌いはないんだがな。医者がうるさいせいで、調理に手間をかけさせて悪いが、これからもよろしく頼む」

尊成が坂口に向かって、はっきりとそう言った。

その言葉に、坂口は目を大きく見開き、さらに切れ長の瞳を潤ませた。

「と、とんでもないです……！　俺、精一杯頑張ります！」

がばりと頭を下げた坂口の足は、微かに震えていた。

「ここは俺がやっとくから、あんたは尊ぼっちゃんの保育園の準備に行ってくれ」

二人で手分けして台所へ食器を運ぶと、今まで黙っていた坂口が口を開いた。

「え？　だけど」

「洗い物には慣れてんだよ。前いた割烹《かっぽう》料理屋でも、ひたすら洗いもんばっかしてた」

「確かに、どの調理器具もすごくきれいに洗われてましたよね。においも水滴も全くなかったですし」

日向がそう言えば、坂口は少し驚いたような顔をした。

「じゃあ、先に尊君の用意をしてきます」

「あ」

「何ですか？」

台所を出ようとすれば、坂口に声をかけられる。

「その……敬語、いらねえから。年齢、大して変わらないだろ？」

言われた言葉に、日向は目を瞬かせる。

「多分、僕の方が年上ですよ」

「は？　いや、だってあんた十代だろ？」

「今年二十二になります」

「まじか」

よほど驚いたのだろう。坂口が、目を丸くして日向の方を見つめてくる。

そんな坂口の様子がおかしくて、日向は小さく笑うと、今度こそ台所を出て尊の部屋へと向かった。

＊　＊　＊

尊の部屋に向かえば、ちょうど歯磨きを終えたらしい尊がぼんやりと畳の上に座っていた。

「尊君、仕上げ磨きをしよう」

日向が正座をして声をかければ、尊がきょとんとした顔をして日向を見つめてくる。自身の太腿をポンポンっと軽くたたけば、尊も意味がわかったのだろう。

嬉しそうな顔をして、洗面所から歯ブラシを持ってくる。そして少し緊張した面持ちで、日向の太腿に頭をのせて寝転がった。

「はい、大きく口を開けて」

言われた通り、口を開けた尊の、白い小さな歯を注意深く見つめながら日向は歯ブラシをあてた。

三歳児にしては上手に磨けてはいたが、それでもやはりあちこちに磨き残しがある。

「仕上げ磨きって、そんな風にやるんだな」

二人の様子を見ていた周防が、感心したように言った。

「そうですね、尊君はとても上手に磨けてますが、基本的には十歳になるまではしてあげた方がいいと思います」

優しく、丁寧に磨き上げると、尊が嬉しそうに笑った。

「じゃあ、口をゆすぎに行こうか」

「うん」

そのまま二人で洗面所へ行き、部屋に戻れば周防が既に出勤の準備を全て終えていた。

組事務所は都内の中心部にあり、基本的には毎日出かけるということだった。

尊の着替えは終わっていて、あとは保育園に行く道具をチェックするだけだ。

園への送迎は、日向ではなくこれまで通り坂口がすることになっていた。

日向としては、自分がしたかったのだが、保育園に顔を出すのは決まりが悪いだろうという周防の気遣いだった。

「あ、周防さん」

「なんだ？」

熊が描かれた園バッグを尊の肩にかけ、周防へと話しかける。

「食事の買い出しなんですが……」

「ああ、必要なものがあったら坂口に言うといい。坂口じゃなくても、他の若いヤツに言えば行ってくれる」

「あ、そうじゃなくて。僕自身が行っちゃだめですか？」

日向の言葉に、周防が怪訝そうな顔をする。

「別に構わないが、大変じゃないか？」

「出来れば、野菜や魚は自分の目で見て選びたくて。あと、お米や調味料に関してなんですが、父が昔、贔屓にしていたお米屋さんに頼んでもいいでしょうか？」

「まあ、料理に関してはお前に任せる」

「なるべく費用はかからないようにしますが、物によってはちょっと高くなってしまうかもしれなくて……」

日向の本来の仕事は尊のベビーシッターであって、食事を作るのはあくまで付随的《ふずいてき》な仕事だ。けれど、朝食を食べている周防たちの嬉しそうな顔を見ていて、日向は思った。

世間一般からすると少し特殊な家庭である周防たちが、食事をしている間はとてもリラックスしているように見えた。それこそ、普通の家族と同じように。

だからこそ、せっかく料理が任されたのだ。出来る限り美味しいものを尊たちには食べてもらいたいと。

「ああ、別にその辺は気にしなくていい。金なら好きなだけ使っていい」

「いえ、それは申し訳ないです」

はっきりと日向が言えば、周防が形の良い眉を上げた。

「たくさん材料費は頂いていますが、何を作るためにどれだけ使ったのか、きちんと会計報告をしたいと思っています。それで、出来ればPCを貸して頂けると助かるのですが」

「PCが使えるのか？」

「独学なんですけど……エクセルやワードくらいでしたら」

高校時代に使っていたPCは両親の死後、家のものを整理するときに少しでもお金になるようにと売ってしまった。ただ、その後でお世話になった児童養護施設の施設長がとても理解があったため、PCも自由に使わせてもらうことが出来た。

日向の言葉に、周防が感心したような顔をした。

「わかった、今日中にお前専用のPCを用意する」

「え？　いえ、そこまでしていただかなくても」

「大した値段でもないし気にするな。ノートでいいな？」

「は、はい。それでは……よろしくお願いします」

後で、PCの代金は給与から引いてもらおう。

そう思いながら頭を下げれば、周防がその強面な顔を僅かに緩めた。

……あ、やっぱり可愛い。

叔父と甥であるのだから当然と言えば当然だが、少しだけ笑った顔が尊に似ているようにも感じる。

「じゃあ、そろそろ行くか」

周防が尊に声をかければ、尊が名残惜しそうに日向の顔を見上げた。

「玄関まで一緒に行こうか」

「うん！」

提案すれば、尊が嬉しそうに頷く。

そのまま尊の手を引き周防と一緒に玄関へと向かい、二人を見送った。

3

日向が尊のベビーシッターを始めて一カ月。

ベビーシッターといっても、尊も昼間は保育園に行っているため、その間はこれといって仕事は特にない。

尊の洋服をはじめとする日用品の購入といった細々とした仕事はあるが、それだって毎日あるわけではない。

そのため、尊がいない間に日向は食品の買い出しをしたり、尊成の昼食や、尊が帰ってきてから食べる菓子を作ったりした。

当初は周防からその時間帯は自由に過ごしていいと言われていたが、今となっては尊成に料理係を頼まれていて良かったと思う。

そうでなければ、尊がいない間、日向は一日家の中で自分の時間を持て余すことになってしまっていたからだ。

それでも午前中のうちに一日の食事の下ごしらえや諸々の仕事が終われば若い衆に交じって家の掃除を手伝ったりもしたのだが、さすがに少し休むべきだと後で報告を聞いたらしい周防に止められた。

日向にしてみれば、保育士時代はあわただしい毎日を送っていたこともあり、最初のうちはどうも落ち着かなかったのだが。時には尊成が話し相手になったりと、その時々でなんとなくやることはあったため、のんびりとしてはいるものの、暇を持て余すことはなかった。

「日向さんは働き者だよね、俺が日向さんだったら、空いた時間は部屋でゴロゴロして過ごすけどなあ」

尊成の昼食のデザートを準備していると、手伝ってくれていた坂口が感心した様に言った。

最初こそ日向につっけんどんな態度をとっていた坂口だが、徐々に打ち解けていき、今では世間話をするくらいの仲にはなった。

聞けば、当初日向は周防の愛人の座を狙ってベビーシッターになったと思われていたのだという。

とんでもない誤解だとすぐに日向は弁解したが、これまで尊のベビーシッターになった女性は皆、尊よりも周防の関心を得る事に必死になっていたというのだ。

そういえば、以前の尊のベビーシッターも、周防の妻になるつもりだったと周防自身が言っていたことを思い出した。

確かに周防は優しく男気もあり、大きな会社をいくつも持っている経営者でもある。

けれど、日向はそういった目で周防のことを見たことはなかったため、そんな風な目で見られるのは心外だった。

「だって、保育士時代からは考えられないようなお金を貰ってるし……その分働かなきゃって思うよ」

坂口には今では随分ざっくばらんな話し方をするようになっていた。

「はー、美人で気立《きだ》てもよくて、しかも働き者なんて、そりゃあ周防さんも気に入るはずだよね」

美人、という部分も少し気になったが、日向が気になったのは部分だ。

「気に入られてる？　僕が周防さんに？」

「めちゃくちゃ気に入られてるよ。だって周防さん、朝は勿論、夜も外食がほとんどだったのに、今はどうしても外せない会食以外は全部家で食べてるでしょ？」

「ああそれは、僕がお願いしたからだよ」

「え？」

「周防さんは尊君の父親代わりなんだから、なるべく食事は一緒にとって欲しいって言ったんだ。だから、別に僕が気に入られてるとか、そういうんじゃないと思う」

「いや……あの周防さんに頼みごとをする日向さんもすごいし、それを聞いてくれるってことは、やっぱりそれだけ気に入られてるってことだと思うよ」

そう言った坂口の表情は、これまでの軽口を叩いていた時とは違い、明らかに引きつっていた。

そういえば、坂口をはじめとする組員たちはみな周防の前では緊張から身体を強張らせている。

「僕が組の人間じゃないからってのもあるかもしれないけど、周防さん強面だけど話せばちゃんとわかってくれる人だと思うよ？」

「いやいやいや、そんなの日向さんにだけだって！　周防さん仕事にはすっげー厳しいし、ミスった人間には容赦ないから」

明らかに顔色を悪くして坂口が言う。

確かに仕事に関しては厳しそうではあるが、今の時代に極道一家を背負うということはそれだけ大変だということではないだろうか。

初対面の時にはその外見が少しばかり怖いとは思ったが、内面の人間性が見えてきた今はそういった気持ちは全くなかった。

むしろ、今の時代には珍しいくらい情があるのではないだろうか。

経済に強いインテリヤクザ、というのが周防のもっぱらの評判のようだが、それはあくまで表面上の話だろう。

尊に対してだって、最初はどこか扱いに困っていたようだが、それでも尊を見つめる視線は優しい。最近は一緒にいる時間も増えてきたし、尊自身も周防に甘えられるようになってきている。そういった傾向はすごく良いと日向自身思っていた。

出来れば……もっと二人が仲良くなれるきっかけがあるといいんだけどな。

「あ、いいなあ門脇さん、シンフォニーランド行ったんだ」

ちょうどその時、スマートフォンを見ていた坂口が呟いた。

門脇、というのは坂口の兄貴分で、部屋住みではなく外に家があるのだが、しょっちゅう本邸の方に顔を出している。面倒見がよく、坂口のことも可愛がっているようで、日向も何度か坂口の事をよろしく頼むと頭を下げられた。

「シンフォニーランド？　海の近くにある？」

確か、子供から大人まで楽しめるテーマパークで、日向も幼い頃一度だけ両親と一緒に行ったことがあった。

「そうそう。新しいアトラクションが増えたのもあって、今すごい人気でチケットも購入制限がかかってるんだよ。周防さんがやってる会社もスポンサーになってるから、その関係で門脇さんはチケット貰えたんだって。いいな〜俺も行きたいな〜」

心底羨ましそうに坂口が言う。そういえば、坂口は一年ほど付き合っている彼女がいると言っていた。

夜のパレードの美しさは有名だし、デートスポットとしても最適だろう。

「そのアトラクションって、小さい子も楽しめるかな？」

「え？　なんか聞いた話では絶叫系じゃなく世界各国の物語をイメージしてるみたいだし、楽しめると思うよ？」

「そっか、ありがとう」

それなら、尊を連れて行ってあげられないだろうか。出来れば、周防も一緒に。

そう考えた日向は、今日周防が帰宅したら早速聞いてみようと考えた。

けれど、こういった日に限ってタイミングが悪く、夕方他の組員からの報告で、周防の帰宅が遅くなることを知った。

尊が保育園から帰ると、眠りにつくまで基本的にはずっと日向が世話をしている。食事を食べ、歯磨きが終わったら一緒にお風呂に入り、さらに尊が寝付くまでずっと横で過ごすのだ。

周防がいる場合も、毎日読み聞かせをしているため、基本的には尊が眠るまで日向が傍にいる。

特に、今日は保育園から帰ってきてから庭で長い時間遊んだこともあり、よほど疲れたのだろう。いつもなら本を読み終わるまで聞いているのに、気が付けば途中から可愛らしい寝息が聞こえてきた。

尊の眠りは深い方だが、周防が帰ってきていない中、部屋に一人で寝かしておくのはかわいそうに思えた。

純和風の十畳の部屋は物が少ないこともあり、布団を二枚ほど敷いてもまだ十分な広さがある。薄暗い照明の中、日向はぐっすりと眠る尊を見つめる。

保育園でもどちらかといえば優等生だった尊だが、家でも同じようで、わがままを言ったり、周りの大人を困らせることは全くない。

優しく大人しい気性だからだとは思うのだが、どうも日向は尊が我慢をしているように感じてしまっていた。何かが欲しいとか、あれが嫌だとか、そういった年ごろの可愛らしいわがままを尊の口からは聞いていない。

食べ物の好き嫌いも全くなく、苦手な食べ物なら、むしろ周防の方があるくらいだ。日向が作る物は全て平らげてしまう周防だが、どうも人参《にんじん》は苦手なようで、食べるのにも苦労しているのだ。

全く食べられないわけではないが、尊の手前、残すわけにもいかないという自覚もあるのだろう。

無理して食べさせているとどうも申し訳がないため、なるべく周防に出す料理は人参の量を減らすようにしていた。屋敷にいる組員が恐れをなす周防のそういった一面を知っていることもあり、日向は周防への恐れがないのかもしれない。

それにしても周防さん、遅いなあ。

時計の針は、そろそろ日付を越えそうだ。

すぐ隣では、尊がすやすやと気持ちよさそうに眠っている。

既に若い衆は離れの部屋に帰ってしまったのだろう。物音ひとつ聞こえず、屋敷内はとても静かだった。

そうしていると、いつの間にか瞼が重くなり、うとうとと、眠気がやってきた。

ここで寝ちゃダメだ、周防さんが帰ってくるまで待たないと。

そうは思っても、今日は尊と一緒に庭を走り回ったこともあり、日向もだいぶ疲れていたようだ。

どうしよう……だけど、尊君を一人にするわけにもいかないし……。

そう思ったところで、日向の意識は完全になくなった。

＊　＊　＊

「今日はパンか」

目の前にきれいに並べられた朝食を眺めながら、尊成が言った。

「あ、はい。取り寄せていたふすまが届いたので、ホームベーカリーで焼いてみました」

周防邸の厨房には、様々な調理器具がそろっており、ホームベーカリーも勿論用意されていた。ふすまパンは既製品でも美味しいものが多いが、どうせなら手作りして焼き立てを食べてもらいたいと思った日向は、老舗《しにせ》の商店に注文したのだ。

ふすまは小麦粉に比べると糖質の量が大幅に減るため、その分他の料理に糖質を使うことが出来た。

「早焼き機能を使ったので、うまく焼けているかどうかはわからないんですが……」

「美味しそう。すごくいい匂い」

バターが乗せられた食パンに鼻を近づけた尊の声はいつもよりも弾んでいた。

尊はご飯もパンも好きだが、ここ最近の朝食はご飯が中心であったこともあり、久しぶりのパンが嬉しいのかもしれない。

「そうだな、うまそうだ」

向かい側にいる周防も、自然とそんな風に口にする。

「あ、苺のジャムも作ったんですが……使いますか？」

日向は平静を装《よそお》いつつ、三人に声をかければ、

「苺のジャム？　食べたい！」

と尊が瞳を輝かせたため、日向は冷蔵庫からとってこようと立ち上がった。

坂口が面白そうに自分のことを見ていたのには、気づかないフリをした。

……絶対あの顔は、誤解してるよね。

冷蔵庫からジャムの入ったタッパーをとり出しつつ、日向は小さくため息をつく。

朝、瞳を開いた日向の目の前にあったのは、端正な周防の顔だった。

咄嗟に声を出さなかった自分を、今考えても褒めてやりたい。それくらいの衝撃は受けた。

どうして自分が周防と同じ布団に……そう思いながらゆっくりと顔を動かせば、すぐ隣の布団では尊が深い眠りについていた。

どうやら、昨晩尊を寝かしつけた後、自分もそのままここで眠ってしまったらしい。

壁時計を見れば、普段起きる時間の三十分ほど前だ。習慣から、スマホのタイマーがなくとも起きられたのだろうが、状況を把握したところで、頭の中は大混乱だった。

もう一度周防の方を見れば、普段は鋭い眼光を見せるその瞳が今はしっかりと閉じられている。意外と睫毛が長いんだ、などと場違いな事を考えながら、ゆっくり身体を動かそうとするが、なぜか身体の自由がきかない。

そこでようやく、日向は今自分が周防の腕の中にいることに気が付く。

どうりで温かいはずだと思いつつも、これでは自分が動いたら周防も起きてしまう。夜遅くまで仕事で、疲れているだろうし、出来ればもう少し眠っていて欲しい。かといって、早く起きなければ朝食を作る時間がなくなる。

どうしよう、どうしよう、そう思っていると、目の前の周防の瞳が、ゆっくりと開かれた。

「あ……」

最初、訝し気に眉間に皺を寄せた周防だが、意識が戻ってくるにつれその表情は穏やかになる。

「今、何時だ？」

「ご、五時過ぎです」

「まだそんな時間か」

声色こそ不機嫌ではないものの、明らかにもう少し寝ていたかったという気持ちは感じられた。

「すみません、あの、起こしてしまって……」

日向がそう言うと、ようやく今現在の自分たちの状況に気づいたのか、周防が日向の身体から腕を離した。

「いや、悪い。これじゃ起きられないよな」

身体から周防の重みがなくなり、ようやく自由に動けるようになる。

「い、いえそんな……それより、なんで僕はここに寝てるんでしょうか？」

先ほどからずっと疑問に思ってたことを問えば、周防は眠たそうな声で答えた。

「ああ、昨日帰ったら尊の隣でお前が寝てたから、そのまま寝かしておくことにしたんだ」

「お、起こしてくれてよかったんですが……！」

「気持ちよさそうに寝てたからな、起こすのがかわいそうになった」

尊を起こさないように、互いに気を使っているからだろう。いつもより周防との距離が近いこともあり、何故か心臓が早鐘をうっている。

頭脳派に見えて、上背があるモデルばりのスタイルの周防の身体は鍛えられており、同じ男の日向でも魅力的だ。そしてそんな周防が自分と同じ布団で寝ているのだ。同性が性的対象ではない日向でも、ドキドキしてしまう。

「あ、ありがとうございます。だけど、次はたたき起こしていいですよ……」

「まあ確かにさすがに一つの布団では少し狭いな、今日からはお前の布団もここに敷くか」

「へ……？」

想像もしていなかった周防の提案に、思わず呆けた声が出てしまう。

「冗談だ。朝早くから悪いが、そろそろ起きて準備をした方がいいんじゃないか？」

日向の反応を見た周防が、小さく笑った。どうやら、揶揄《からか》われてしまったようだ。

「そ、そうですね……！　周防さんは、ゆっくり二度寝してください」

恥ずかしさから頬に熱がたまるのを誤魔化しつつ、日向はごそごそと布団を抜け出す。

「日向」

そして、襖に手をかけようとしたとき、周防から名を呼ばれたことに気づく。

「はい」

「朝早くから、ありがとう。朝食、楽しみにしてる」

周防の言葉に、日向の瞳が大きく見開く。

朝早いことは確かだが、それを承知で引き受けた仕事だし、給与だってそれこそ保育士時代の倍は貰っている。礼を言われるようなことをしているつもりはないのだが、それでも周防の言葉は嬉しかった。

「あ、ありがとうございます……」

絞り出すような声でそう言ったが、周防は既に再び眠ってしまったようで、これといって反応は返ってこなかった。けれど、日向の心はとても温かくなっていたし、くすぐったいような、ふわふわとした気持ちで、油断をすると顔がにやけてしまいそうだった。

そして今度こそ襖を開け、廊下に出たところで。ちょうど、離れから起きてきた坂口と鉢合わせてしまったのだ。

「あ、ヤス君……」

「え？　日向さん？」

坂口が、日向が出てきた部屋と、日向の顔を交互に確認する。

「ここ、周防さんの部屋だよね？」

驚いたように目を瞠った坂口だったが、それは一瞬のことで、すぐに口の端をにいっと上へと上げた。

「ち、違うからねヤス君。尊君の寝かしつけをしてたら、そのまま眠っちゃっただけで、別に」

「いいって、そんな誤魔化さなくて。周防さんが日向さんのこと明らかに気に入ってるのはわかってたし。ただ、日向さんのファン多いから、みんなショック受けるだろうな〜、まあ周防さんが相手なら仕方ないか」

上機嫌で楽しそうに話す坂口に、日向の顔が引きつっていく。

「いや、だからそうじゃなくて……！」

「あ、大丈夫。勿論二人の事は内緒にしとくから。親父も日向さんのことは気に入ってると思うけど、バレたら逆に怒りそうだもんな。いや〜、だけどびっくりした〜」

言いながら、坂口がすたすたと廊下を歩いていった。

まあ……黙っててもそのうち誤解だってわかるよね。

実際、日向と周防は坂口が思っているような関係ではない。けれど、今日は周防の顔を見るのが何故か照れ臭く感じてしまう。

それはやはり、朝の周防とのやりとりがあったからだろう。

あんな風に優しい言葉をかけられたら、女の子だったらそりゃあ好きになっちゃうだろうなあ。

そういえば、時折帰宅した周防から香水のかおりがすることがある。

彼女、かなあ。周防さん、モテそうだし。

想像すると、日向は何故か胸の奥に鈍い痛みのような物を感じたが、その理由は考えないようにした。

＊　＊　＊

スタンドの灯りの下、日向は厚みのあるテキストと、そしてノートに向き合っていた。

既に日付は変わっていたが、どうしても一問解けない問題があり、眠ることが出来ないのだ。

おかしいなあ、使う公式は間違ってないはずなんだけど……。

他の科目ならともかく、やはり数学は独学で学ぶのは難しい。

眠たさから頭の回転も鈍ってきたように感じるし、やはり明日また考え直した方がいいだろうか。

いや、せっかくだし、やはりもう一度やり直してみよう。

欠伸《あくび》を噛み殺しながらそう思ったとき、廊下から足音が微かに聞こえた。

「日向、まだ起きてるのか？」

「は、はい」

慌てて、姿勢を正す。襖の外から聞こえてきたのは、周防の声だった。

日向が答えたのが聞こえたのか、静かに襖が開かれた。

「おかえりなさい周防さん。尊君、起きちゃいましたか？」

今ちょうど帰ってきたばかりなのだろう。周防は朝家を出た時と同じブラックのスーツ姿だった。

今日は周防の帰りが遅いことはあらかじめ聞いていたため、尊を寝かしつけた後は尊成が日向の代わりに見てくれたのだ。

日向は申し訳なく思ったのだが、深夜まで仕事をしていることになってしまうのは尊成としても見過ごすことが出来なかったのだろう。

そういえば、若い衆も何かしら用事を申しつけられていない時には、日が陰ったあたりで離れの方へと帰っていく。

勤務時間だけを考えれば、一般の会社よりよっぽど労働環境は良いかもしれない。

「ただいま。いや家に帰ったらお前の部屋だけ電気がついていたから気になったんだ。明日も朝が早いんだ。さっさと寝た方がいい」

「はい、もう寝るつもりだったんですが、どうしても解けない問題があって……」

日向がそういえば、周防が日向の机の上へと視線を動かす。

「高等数学……勉強してるのか？」

「あ、はい」

「なんで？」

周防が、心底わからない、というように首を傾げた。

「えっと……僕は高校卒業資格を持ってないので、高卒認定試験を受けたくて」

「試験？　大学に行くのか？」

「まだ学費も溜まっていませんし、いつになるかはわからないのですが……」

高校をやめた後も、日向は地道に勉強を続けていた。

仕事をしながらであるため、なかなか進まない上に、保育士になってからは特に時間もとれなかった。

ただ、尊のベビーシッターになったことで、以前よりも時間に融通がきくようになったため、自分の部屋に帰るとほとんどの時間は勉強に費やしていた。

「なんで大学に行きたいんだ？」

「え……」

　周防の問いに、咄嗟に答えることが出来なかった。

「保育士の資格だって持ってるんだし、職がないってことはないだろ？」

「それはまあ、そうなんですけど」

　そんな日向の反応に、何故か周防は顔を顰めてしまった。

「まあ、元々お前が通っていたのは都内でも指折りの進学校だし、わからなくもないけどな。学歴を物差しにして人を判断する人間は多いし、学歴が高ければ職の選択肢だって広がる。給料だって違うしな。それに、この環境から足抜けしたいと思ったら、学歴をつけるしか……」

「ち、違います」

　途中で話を遮るのは悪いと思っていたが、思わずそう口にしてしまった。

「高学歴になりたいとか、いい大学に入っていい仕事につきたいとか、そういう理由で大学に行きたいわけじゃないんです。いえ、勿論大学を卒業すれば職の選択肢は広がるとは思うんですが、それが目的ってわけじゃなくて……大学への進学は、死んだ父の夢だったからなんです」

「どういう意味だ？」

「えっと……」

どう説明すればいいのだろう。言葉を選びながら話す日向を、周防はじっと見つめていた。

「父は料理人をしてましたし、僕も小さい頃は父の跡を継ぐものだって漠然と思ってたんです。だけど、父は僕に大学に入って欲しかったみたいで、小学校の高学年になる頃には塾に行くよう言われました。父は料理人としてのプライドは持っていましたが、大学を出ていないってことに強いコンプレックスを持っていたので」

「よくわからないな。大学を出たからといって、人間の価値が変わるわけじゃないだろ？

実際、親父は料理人としてのお前の父親を高く評価していた」

周防自身は高い学歴を有しているが、学歴のみで部下を判断しないという事は坂口からも聞いていた。そういったところからも、周防の懐の広さがうかがえる。

「はい、確かにそうなんですが……。周防さんは、僕の母が英国人だということはご存じですか？」

「ああ。親父が言ってたな。かなりの美人だったみたいで、お前にも似てたって言ってたぞ」

「母は子供の僕から見てもきれいでしたが、僕は普通ですよ。母は英国の生まれで、日本文化に興味を持って留学してきて、父と出会いました。父の料理があまりに美味しくて、毎日のように通い詰めていたそうです。母は父と父の作る料理が好きで、父も、美味しそうに自分の作った料理を食べる母を好きになりました。だけど、結婚の挨拶をしに父が母の実家へと挨拶に行ったら、強く反対されたそうです。母の実家はかなり裕福だったこともあって、高校しか出ていない、料理人である父との結婚がどうしても許せなかったらしくて」

料理人と結婚するために自分たちは娘を育てたわけじゃない。そんな父親の言葉に強く憤《いきどお》ったのは母の方で、そのまま駆け落ちも同然に二人は日本に戻り、結婚したのだそうだ。

「元々父は勉強が好きで、進学がしたかったらしいんですが、祖父がはやくに亡くなってしまったために小料理屋を継いだんです。だから、悔しかったんでしょうね……将来は自分の後を継いでもいいけど継がなくてもいい、ただ大学には行って欲しい。小さい頃から繰り返しそう言われました。僕は父を尊敬してましたし、父が大学を出ていない事を恥ずかしいなんて思ったことはなかったのですが。でも、父が死んでしまった今だからこそ、父のためにも大学に行きたいって、そう思ってます」

いつの間にか畳の上に座り込んでいた周防は、日向の話を黙って聞いていた。

ただ、先ほどのように鼻白んだような表情ではなくなっていた。

「……俺が大学に行ったのは、世間の奴らを見返すためだった」

「え？」

「物心がついた頃から、ヤクザの息子だってことは近所はもちろん学校中の人間が知っていたからな。遠巻きにされたり、腫物《はれもの》に触るみたいに扱われたり、こばんざめみたいにくっついてこびへつらわれたり……いろんな奴がいた。屑だ社会のごみだって目で見てくる奴もな」

「あ……」

　保育園での、尊に対する他の保育士たちの態度を思い出す。みな背後にいる周防の家を恐れ、尊のことを避けていた。

「そんな顔するな。まあ、実際のところ褒められたような仕事でもないしな。若い頃はそれこそ荒れまくってサツの世話にだって何度もなった。そんな時、通ってた高校の同級生と揉めて、相手に怪我をさせた。かすり傷だったが、相手の家は大騒ぎをして、親父と一緒に頭を下げに行った。そん時に言われたんだよ、底辺《ていへん》の息子はやっぱり底辺だってな。相手の家は代々続く代議士《だいぎし》一家で、そんな奴らからすれば俺たちみたいなのは屑《くず》にしか思えなかったんだろう」

　そんなことはない、と日向はすぐにでも口にしたかったが、それを言ったところで慰めにならないこともわかっていた。

少年だった周防の気持ちを考え、ただただ胸が痛んだが、黙って話を聞き続けた。

「俺が馬鹿にされるのは仕方ない。だけど、親父まで馬鹿にされるのは我慢ならなかった。組員の前ではでかい顔してる親父が俺のために頭を下げてるのを見て、自分がいかにガキだったかを実感した。だから、親父を馬鹿にしたやつを見返すたびに、俺は勉強した。それこそ、死に物狂いでな」

日頃周防は自分の話を滅多にすることはないが、他の組員たちの話を聞く限り、挫折《ざせつ》を知らない人生を歩んでいるように感じていた。

けれど、そんなことはなかったのだ。周防だって、悔しい思いや、苦しい思いをたくさんしてきたのだろう。弁護士の資格を持っているというのも、もしかしたらその出来事がきっかけだったのかもしれない。

ただ、極道一家の次期組長で若頭という立場の周防から、恐ろしさを感じなかった理由もようやくわかった。

「……すごいですね、周防さん」

ぽつりとそう言えば、周防が日向の方へと視線を向けた。

「悔しいって気持ちがきっかけだったとはいえ、たくさん勉強されたんでしょう？　並大抵の努力じゃなかったと思います」

「まあ、それはな……まともに授業を受けてこなかったから、最初は戸惑った」

「それでも、ちゃんと目標を達成できているんですから、すごいですよ。それに、やっぱり周防さんは優しい人だと思いました」

「は？」

意味がわからない、という表情を周防がする。

「尊成さんが馬鹿にされて、悔しかったから勉強されたんでしょう。それに、周防さんが組員の皆さんに好かれているのって、彼らの事を見下したり、馬鹿にしてないからだと思います。傷つく痛みを知っているからこそ、人に対して優しくできるんだろうなって、そう思いました」

日向がそう言えば、周防が口の端を上げる。

「買いかぶりすぎだろ。俺の事を優しいなんて言うやつ、お前くらいだよ」

「そんなことはないと思いますけど……」

「あ、それより」

「はい」

「前から思ってたんだが、親父を呼ぶのが尊成で俺は周防って、おかしくないか？」

「え？　まあ、確かに……それもそうですね」

尊と区別をつけるために周防の名を呼んでいたのだが、よく考えてみれば皆周防だ。

「えっとじゃあ、誉さん……？」

遠慮がちに、周防の名を呼んでみる。すると周防は瞳を見開き、そして慌てたように顔の向きを変えた。

「ああ、それでいい」

「もしかして誉さん、照れてます？」

「照れてない！」

そう言った周防の言葉に、日向は思わず小さく吹き出してしまった。

さすがに悪いと思い、笑いを堪えながらも肩を震わせる日向に、周防が眉間に皺を寄せる。

「テキスト、貸してみろ」

「え？」

「問題、解けないんだろ？　教えてやる」

これでも数学は得意だと言った周防が、手を伸ばす。

「じゃあ、お願いします。問2の証明問題です」

テキストを受け取った周防は少し考えると、すぐに日向への解説を始めた。

わかりやすい解説に驚きながら、日向は熱心に周防の話を聞いた。

4

周防の運転する車が、首都高をすいすいと走り抜けて行く。

土曜の朝という事もあり、車の量も多くないのだろう。

一度だけ乗せてもらったことはあるが、高級外車に乗るのはやはり緊張してしまう。

前回乗った時は助手席に座ったが、今日は尊も一緒だという事もあり、広い後部座席に二人で乗っている。

窓から外を見れば予報通り、今日はとても天気が良いようで、日の光が明るく照らしていた。リトルリーグだろうか、遠くのグラウンドには、同じユニフォームを着た小学生くらいの子供たちが集まっていた。

隣のチャイルドシートでは、尊が気持ちよさそうに眠っている。

先ほどまでは嬉しそうに話をしていたが、車の振動が気持ち良かったのだろう。

「なんだ尊は、寝ちまったのか？」

バックミラーを確認した周防が、眠ってしまった尊に気が付く。

「朝が早かったですからね。昨日は興奮して、なかなか眠れなかったようですし」

「お陰でこっちは三度もうさぎの結婚の話を聞くことになった」

「尊君、『くろいうさぎとしろいうさぎ』大好きですからね。今日もうさぎさんに会えるって楽しみにしてましたよ」

尊の小さなリュックサックには、うさぎのストラップがつけられていた。

眠る尊の、柔らかくまるい頬を見ていると、こちらまで幸せな気分になってくる。

「悪かったな」

「え？」

「せっかくの休みに、働かせちまって」

「あ、いえ。僕が言い出した事ですから……」

今度の休みに尊をテーマパークに連れて行ってもいいか、そんな風に日向が周防に聞いたのは週の始めだった。元々、いつか連れていきたいとは思っていたのだが、夕方テレビを見ていた尊が、シンフォニーランドのCMを見た時に嬉しそうにしていたことに気づいたのがきっかけだった。

僕も行きたい、と尊は言わなかった。だけど、アトラクションやキャラクターたちを見つめる尊の表情を見ていると、すぐにでも連れて行ってあげたいと日向は思った。

ちょうど天気予報を確認すれば、週末は晴れマークがついていたし、十一月の今の時期なら出かけるにもちょうど良いと思ったのだ。だからその日帰ってきた周防に、日向は早速その話をした。

『今週末か……土曜日なら空いてるな』

『一緒に行ってくれるんですか？』

『なんだ、誘ってくれたんじゃなかったのか？』

『いえ、頼むつもりだったんですけど、周防さんから行ってくれるとは思わなかったので』

嬉しくて、自然と声が弾んでしまう。周防にもそれが伝わったのか、小さく笑われてしまった。

『それにしても、タイミングがいいな』

『え？』

『今週末はちょうどスポンサー優待の日だって朝メールが届いてたんだ。後でお前のＰＣにも転送しておく』

『あ、ありがとうございます！』

昨年オープンしたばかりということもあり、シンフォニーランドは土日ともなると入場規制がかかるほど人でごった返している。

けれど、スポンサー優待の日ということはいつもよりは多少混雑は緩和《かんわ》しているはずだ。

せっかくなら、尊にはアトラクションをたくさん楽しんでもらいたい。

『夜のパレードまで見ても大丈夫ですかね？　あ、だけど尊君疲れちゃうかな』

『だったら泊りにすればいいだろ？　園内のホテルだってあるだろうし』

『いいんですか？　あ……』

『心配しなくても、宿泊代は俺が払う』

『ありがとうございます、って……なんで考えていることがわかったんですか』

『倹約家だからな、我が家のベビーシッター殿は。食材の購入に使った代金、一円単位までいつも明細を出してくるから親父も感心してたぞ』

『揶揄わないでください』

『だいたい、仕事で行くんだからこっちが金を払うのは当たり前だろ？』

周防の言葉に、ほんの一瞬、日向の顔が強張った。

『日向？』

『あ、いえ。なんでもないです。尊君、尊成さんの部屋に迎えに行ってきますね』

そう言った日向は襖をあけ、廊下に出る。

仕事、そうだよね、あくまで仕事なんだよね……。

どんなに尊から好かれていても、あくまで自分はベビーシッターで、家族ではない。

わかっていたはずなのに、日向は周防の言葉にショックを受けている自分に気づいていた。

ダメだなあ……楽しくてもあくまで仕事なんだし、きちんとしないと。

そう思いながら、尊にかけていた毛布の位置を元に戻す。

可愛いなあ、尊君。

起きている時にもとても可愛いが、寝ていると本当に天使のようだ。

尊を見ているだけで、幸せな気持ちになってくる。

「次で高速を降りるぞ。そろそろ尊を起こした方がいいんじゃないか？」

「あ、はい。そうですね」

少しかわいそうに思ったが、日向は優しく尊に身体をよせ、声をかけた。

＊＊＊

「わあああ、ダンくんだ……！」

おそるおそる入場ゲートを通った尊が、瞳を輝かせて言った。

ちょうど入場ゲート付近のところに、人気キャラクターのくまのダンがスタッフの女性と一緒に歩いていたのだ。

「写真、一緒に撮る？」

「いいの？」

日向の言葉に、尊はますます興奮してその頬を赤くした。

「うん、頼んでみようね。誉さん、写真撮ってもらっていいですか？」

「ああ」

ダンと一緒に写真を撮りたいとスタッフの女性に頼めば、快く了承してくれた。

普段のスーツ姿とは違い、今日の周防はブルゾンにデニムのパンツという比較的カジュアルな格好だ。

上背があり、しっかりした体躯であるため、何を着ても似合うのを少し羨ましく思う。

尊のズボンも周防に合わせてデニムにしてみたのだが、一緒に歩いているとなかなか可愛らしい。

おそらく、周りの人間には二人が親子のように見えているはずだ。

そこまで考えて、日向はハッとする。

「す、すみません誉さん。写真は僕が撮ります。カメラ貸してください」

せっかく一緒に来たというのに、尊と周防が一緒に写らなくてどうする。慌ててそう言えば。

「いや、俺はいい。それより日向が一緒に入れよ」

「え？」

カメラを手に持った周防に、一緒に写真に入るよう目配せをされる。

「ひなちゃん先生、一緒に撮ろう！」

どうしようかと思っていれば、話を聞いていたらしい尊から呼ばれる。

ここで押し問答をしたところで、スタッフや他の客に迷惑をかけるだけだろう。

「えっと、じゃあお願いします」

頭を下げ、尊の隣に行くと、ギュッと手を握られる。

もう片方の手は、ダンとつないでいるようだった。

「は～いじゃあダンくんと一緒に二人とも笑ってくださいね～」

スタッフの女性の合図に合わせ、日向が尊と一緒に笑えば、カシャカシャという音が聞こえた。

ちょうどタイミングよく、周防が撮ってくれたのだろう。

「ダンくん、ありがとうございました」

ぺこりと尊が頭を下げれば、ダンが優しく尊の身体を包み込んでいた。

最初尊は驚いたようだが、すぐに嬉しそうな笑顔を見せた。そんな尊の顔を見て、やっぱり連れてきて良かったと改めて思った。

「尊君、ちゃんとお礼言えて偉かったね」

「うん！　ダンくんもお礼言ってくれたよ！」

戻ってきた尊にそう言えば、満面の笑みで頷いた。

「じゃあ、移動するか。行き先は動物たちの暮らす森でいいんだろ？」

「あ、はい」

シンフォニーランドは世界各国の物語がモチーフになったテーマパークで、年代によって楽しめるような作りになっている。

動物たちが主役で、動物たちの暮らす森や、お姫様と王子様の暮らす城、他にも恐竜や深海生物のいる未知の世界や、ＳＦ世界が広がるコズミックワールド。

保育園の友達から話を聞いていたのだろう、尊はシンフォニーランドに行くことを話した時から、この動物たちの暮らす森に行くのをとても楽しみにしていた。

「ひなちゃん先生、誉おじちゃん、こっちこっち」

普段は大人しく控えめで、あまり自己主張をしない尊だが、今日ばかりは違うようだ。

今日は何でも好きなものに乗っていいと最初に説明したら、次はあのアトラクションに乗りたいと二人の手を引っ張って行く。

幸い、動物たちの暮らす森はメリーゴーラウンドやコーヒーカップと言った小さい子供でも楽しめるものばかりだ。

ちなみにコーヒーカップで勢いよく回しすぎた周防は少し酔ったのか、顔が引きつっている。

「大丈夫ですか？」

「あまり大丈夫じゃないな。初めて乗ったが、もう二度とコーヒーカップには乗らない」

なるほど、初めてで要領がわからず、あんなに回しすぎてしまったのか。

尊を喜ばせるためだったのだろうが、周防の言葉に日向はこっそりと笑った。

スポンサー優待の日、というだけあり、今日の園内には基本的にはスポンサー関係の人間しかいないようで、ほとんどのアトラクションに並ばずに乗ることが出来た。

ただ、パレードともなるとさすがに多くの人が集まるため、三人が広場に行った時には、すでに前の席は全てとられてしまっていた。

日向でもやっと人の頭から様子が見られるくらいなのだ、尊の身長では何も見えないだろう。

「すみません誉さん。尊君のこと、抱っこしてもらえますか？」

長身の周防の位置なら、おそらくパレードも見られるはずだ。

日向がそう言えば、尊が期待を込めて周防を見上げる。

「抱っこじゃなくて、こっちの方がいいだろ」

そう言うと、周防は目の前の尊をひょいと抱き上げ、そして自身の肩の上に座らせた。

「うわあ、高〜い！」

「落ちないように、頭から手を離すなよ」

「うん！」

肩車をしてもらった尊は、怖がることなく、むしろ嬉しそうにキョロキョロと周りを見回している。

「良かったね、尊君」

「うん」

やがて大きなラッパの音が聞こえ、パレードが始まった。

たくさんの動物たちが、次から次に現れ、ダンサーたちと一緒に踊っていく。

日向はパレードを見ながら、二人のやり取りにも耳を傾ければ、嬉しそうにキャラクターについて尊が話していた。

「あの犬は汚れてるのか？」

「うん、ハリーはどろんこなんだよ！」

そして、周防はそれに対して相槌をうったり、時には耳を傾けたりもしている。

ああ、やっぱり来てよかった。今日何度目になるかわからないが、日向はそう思った。


パレードが終わった後の食事は、三人でレストランで一緒にとった。

「わあああ、ダンくんだ〜！」

ウエイターが運んできてくれた、くまのダンの形をしたパンケーキを見て、瞳を輝かせた。チョコレートとホイップクリーム、さらにシロップも添えられており、焼き立てのとても良いかおりがした。

「美味しそうだね」

「うん！」

先に尊だけでも食べさせようかと思ったが、周防と日向の分の昼食も届いたため、三人で手を合わせる。

丸いテーブルの、子供用の椅子に座った尊はわくわくとした瞳でパンケーキを見つめている。日向はそんな尊にフォークを持たせ、切り分けて食べさせようとしたのだが、そこでかたまってしまった。

「……もしかして、切るのがかわいそうだとか思ってねえか？」

「だ、だってとても可愛いので……」

小さく切り分けなければいけないのはわかっているのだが、尊の目の前でするのは少々気が引けた。

「ったく仕方ないな」

周防は日向からナイフをさり気なくとると、フォークも使いながらきれいに切り分けていく。すごいのは、よく見れば切り分けられているのだが、パッと見た感じではほとんどそれがわからないところだった。

「ありがとうございます」

礼を言って、今度こそ尊に食べさせ始める。尊は形が崩れていないこともあるのか、嬉しそうに一つずつ口に入れていく。

「ほら、尊ばっかり食べてないで日向も食べろ。尊の事なら俺も見てるから」

「あ、ありがとうございます」

周防に言われ、ありがたく日向も自分の食事に手を付ける。

昼食は、最初日向は弁当を作ってくるつもりだったのだが、せっかくの休みなんだから、朝はゆっくりするように周防から事前に言われたのだ。

確かに、今日は出発時間が早かったため、もし弁当を作るとなるとさらに早く起きなければならなかった。

ここのところ週末は、周防がいつも顔を出し、日向の勉強も見てくれているため、そういったところも気を使ってくれたのかもしれない。

先日聞いた周防の話は日向にとって刺激にもなり、これまで以上に勉強に力を入れていた。ベビーシッターを始めてからは少しずつ貯金も出来ているため、もしかしたら本当に大学へ行けるかもしれない。

いや、絶対に行きたい。最近は、強くそう思うようになっていた。

食事を終えた後は、小動物とのふれあいコーナーに行ったり、アトラクションに乗ったりした。尊でも乗ることが出来るアトラクションの多くは家族連れ用のものであったため、ほとんど三人一緒に乗ることが出来た。

たくさんアトラクションに乗り、午後のショーを待つ時間になると、歩き回って疲れたのもあるだろう。

尊が、飲み物が欲しいとこっそり日向に言ってきた。

「さっき通った道にドリンクのワゴンがあったな、何か買ってくるか」

その時、ちょうど周防のスマホの振動音が聞こえた。もしかしたら、急ぎの用事かもしれない。

「あ、じゃあ僕が行ってきます。誉さんは、何がいいですか？」

「悪い、冷たいコーヒーを頼む。自分の分もちゃんと注文しろよ」

「わかりました、ありがとうございます」

近くのベンチで尊と周防には座っていてもらい、日向はこれまで来た道の反対方向へと戻っていく。

振り返れば、周防は片方の手で電話をしながら、もう片方の手でしっかり尊の手をつないでいる。

「ありがとうございました〜！」

三人分の飲み物をトレイに乗せ、歩き始めたところで、前を見ずに歩いていた集団とぶつかりそうになる。

慌てて足を止めたが、幸いにも飲み物はこぼれてはいなかった。

あっぶないな、ちゃんと前を見て歩けばいいのに。

そう思いながら、自分と同じくらいの青年たちの方を見れば、視線に気づいたのか、そのうちの一人が日向の方を振り返った。

大学生くらいだろうか。明るい髪色の青年は日向の顔を見ると、目を丸くした。

「え？　もしかして花村？」

え、誰？　というのが、青年を見た日向の感想だったが、相手は明らかに自分を知っているようだし、素直に口にするわけにはいかない。

「あ、本当だ花村だ」

「誰？」
五、六人のグループで遊びに来ていたらしい青年たちのうち、半分が日向の顔を知っているようだ。
「ああ、高校の時の同級生だよ。といっても、花村は卒業できてないけどな」

青年の言葉で、そう言われてみれば、とようやく彼らが高校の同級生であったことに気づく。皆髪の色が派手になっていたり、随分雰囲気が違っていたため気が付かなかったが、よく見れば同じクラスの人間もいた。

　これといって仲が良かったわけでもないし、日向はすっかり忘れていたのだが。

「え？　なんで卒業出来なかったの？　単位不足？」

　日向が通っていた高校は中高一貫の私立の男子校で、入学した後も高い学力が必要とされる。そのため、試験で良い点が取れなければ単位が取れず、容赦なく留年が決まる者や退学していく生徒もいた。

「違う違う、家庭の事情ってやつだよな？　借金取りに追われて、夜逃げも同然に引っ越したんだよ」

　家庭の事情であることは確かだが、日向の両親が金銭の融資を受けていたのは地元の都市銀で、勿論借金取りに追われてなどいない。

　土地を担保《たんぽ》にしていたこともあってそれはなくしてしまったが、日向の事情も考慮し、借入金の返済にも猶予をくれた。

　噂に尾ひれがついたんだろうなあ……。

　それにしては、さすがに話が飛躍しすぎなような気もしたが。面白がって誰かが広めたのだろう。

　否定したところで、ますます面白がるだけだろう。こういう時には、相手にしないのが一番だ。

「何それ、ヘビー過ぎね？」

「え？　じゃあ高校出てないってことは、中卒ってこと？　俺、中卒って初めて見たわ」

ああ、なんだか久しぶりだなあこの雰囲気。ふと、高校時代を思い出した。

私立の名門校ということもあり、通っていた生徒の親はみな裕福で、それこそ事業をやっていたり、有名外資系企業のサラリーマンだったり、医者や官僚の息子もいた。

実家が小料理屋である日向はもちろん彼らからは奇異《きい》な目で見られ、面白おかしく噂されることが多かった。

面倒くさいことになったな……。尊君も喉が乾いてると思うし、はやく戻りたいんだけど。

ただ、一応自分に話しかけていることはわかるので、何も言わずにいなくなるわけにもいかない。

「中卒ってやる仕事あんの？」

「俺知ってる。花村、今保育士やってるんだよ」

「保育士？」

ニヤニヤと、最初に話しかけてきた青年が笑う。

「前T女子の女と付き合ってた時、そいつの弟が通ってる保育園にいたんだよ。エプロンつけてガキと一緒に写真撮ってるの。マジうけた」

「ああ、あの何度かヤッて別れた女？　バイトばっかで会えないとかいう」

「そう。T女子だって言うから付き合ったのに、母子家庭でかなり金がないらしくてさ。家に行ったら狭いアパートで兄弟の面倒見てるの。料理は上手かったから便利だったんだけど、親には紹介できねーよな。しかもその女、将来は保育士になりたいとか言ってたし」

何が楽しいのか、ニヤニヤと笑いながらしゃべる青年たちの話の内容に、さすがに日向もムッとする。自分たちが今どれだけ醜い顔をしているのか、鏡で見せてやりたいくらいだ。

「保育士はないわ〜。なんか頭の悪い、家庭的に見られたい底辺の女が腰掛けでなる仕事って感じ」

「あ〜わかる。せめて看護師だよな」

「いや、医大に入った時、親に絶対看護師の嫁は連れてくるなって言われた」

彼らの会話が聞こえていたのだろう。日向のちょうど後ろにいた若い母親が、決まりが悪そうに子供の手を引いて歩いて行った。

明らかに落ち込んでいる母親を見るに、彼らが馬鹿にした職業の関係者なのかもしれない。自分が言ったわけではないが、申し訳ない気持ちになる。というか、いい加減日向も黙っていられなかった。

「あのさあ」

突然口を開いた日向に、驚いたように青年たちが視線を向けた。

「確かに、保育士になるには最高学府を出る必要もなければ、難関試験に受かる必要もないよ。だけど、保育士が担《にな》ってる役割はそんなものじゃ測れない。大事な子供の命を預かっているし、保育士がいるから安心して働ける人がたくさんいる。特に日本の労働人口は減り続けてるのに、保育士がいなくなったら誰が子供を預かるの？　給与だって高くないし、労働時間だって長い。そもそも金ヶ崎《かながさき》のお父さんは、厚労省の官僚だよね？　保育士の労働環境の過酷さはよくわかってるだろうし給与が少しでも向上するようにって働きかけてる人のはずなのに、息子のあんたは全然わかってないんだな」

「な……」

金ヶ崎の顔が、カッと赤くなる。

「絹田《きぬた》の私立病院だって、たくさんの看護師が働いてるはずだけど、医療現場は医師さえいれば成り立つなんて思ってるわけじゃないよね？　高齢化が進むこの国に医療崩壊が起きてないのは医師だけでなく、現場の看護師の頑張りのお陰でもあるんだよ？　女性の場合子供がいることだって多いのに、仕事でくたくたになりながらも子育ても頑張ってるんだ。医師の息子として育って、医大に行ってるのに、そんなことすら想像できないのか?」

眼鏡の向こうの絹田の瞳に、明らかに動揺が見えた。

つい先ほどまで、彼らの顔や名前すら忘れていた日向だったが、不思議なくらいに記憶がよみがえった。

高校の頃から、こんな風に事あるごとに彼らは日向に対して嫌味を言って見下してきた。

例えば、期末テストで日向が学年で上位の成績を取った時。他校の女子生徒から、校門の前で待ち伏せをされていた時。

当時の日向は勉強と、そして家の手伝いで精一杯で、彼らを相手にする暇などなかったのだが、さすがに今回は聞き捨てならない。

別に自分自身が馬鹿にされることなど、日向にとっては些末《さまつ》な問題だ。

学歴至上主義な彼らにとって、自分が侮蔑《ぶべつ》の対象であることもわかる。

けれど、保育士や看護師といった仕事まで見下し、馬鹿にするのは我慢がならなかった。

「あんたたちが今どこの大学に行ってるのかなんて知らないけど、あんたたちが子供の頃から勉強してきたのって、他の人間をそんな風に馬鹿にするためなのか? 違うだろ? 恵まれた環境にいて、頭だっていいのに、どうしてそれを社会や人のために活かそうと思わないんだ?」

決して感情的にならないように、なるべく言葉を選びながら。けれど強い視線を日向は向けた。

ぽかんとしたまま日向を見ている者、気まずそうに視線を逸らす者、バツの悪そうな顔をする者。

反応は様々ではあったが、それぞれ何かしら思うところはあったのだろう。

「じゃあ、人を待たせてるから」

黙ってしまった彼らに日向はそう言って、その場を去ろうとする。けれど、そんな日向を引き留めようとする者がいた。

「言いたいことはそれだけかよ？」

仕方なく、踵《きびす》を返そうとした日向は振り返る。

「偉そうに、負け犬のお前が、どうして俺たちに……」

「花村、ここにいたのか」

金ヶ崎の声は、日向を呼ぶ第三者の声によって阻《はば》まれた。

ゆっくりと声がした方を振り返れば、そこには尊の手を引く周防の姿があった。

「す、すみません。戻るのが遅くなってしまって」

恐らく待ちくたびれて、迎えに来たのだろう。

慌てて頭を下げると、周防は尊を日向に任せ、彼らの方へと視線を向けた。

「友人か？」

「えっと……まあ……」

上背があり、目つきの鋭い周防の姿に、同級生たちが明らかに怯《ひる》んでいるのがわかる。

「そうか」

「えっと……そちらは？」

絹田が、恐る恐る周防に問う。

「ああ、申し遅れたな。俺はこういう者で、花村の雇用主でもある。花村は気が利くし、仕事が出来るから、いつも助けてもらってる」

言いながら、二つ折りの財布の中から、名刺を取り出し、絹田へと差し出す。

「え……ＳＯコーポレーションのＣＥＯ？」

「あの、金融大手の？」

名刺を受け取った絹田の言葉に、周りの同級生たちも名刺を覗き込む。

「あ、名前聞いたことがある」

「すっげえ、大企業じゃん」

口々に、皆が周防の会社を褒めたたえる中、金ヶ崎だけは一人、表情に怒りを滲ませて

いた。

「興味があったら採用試験を受けてくれ。花村の友人なら、みな優秀だろうからな」

周防の言葉に、明らかにみな表情が固まった。

そしてそのまま日向を促し、歩いてきた道へと再び足を進める。

日向が持っていたトレイをさり気なく受け取るのを忘れずに、少し前を歩く周防を、日向は尊の手を引きながら慌てて追いかけた。

＊＊＊

日が沈み夜のパレードを見る前にはすでに尊がうとうとし始めていたため、花火はホテルの部屋から見ることにした。

一番眺めの良い部屋を予約してくれたらしく、ベランダからはパレードも花火も、全て見ることが出来た。

ホテルで少し休んだのも良かったのだろう、尊もとても嬉しそうだった。三人でベランダに並んで見た花火の美しさに、日向もまるで子供の様に感激してしまった。

その後ルームサービスで頼んだ夕食を食べると、さすがに尊の体力も限界がきたのだろう。半分ほど食べたところで眠りそうになった尊を、日向は抱きかかえてバスルームへと連れて行き、手と身体を洗い、湯舟で温めた。

そして今は、ぐっすりとベッドの上で眠っている。

「尊、寝たのか？」

「あ、はい。もう、着替えたら後はぐっすりです」

バスルームから出てきた周防が、眠っている尊の顔を覗き込む。

黒い短い髪は濡れており、太い首筋に流れるしずくに、日向はこっそりと目を逸らした。

バスローブ姿の周防は、妙に色気があり、同じ男の日向でもドキマギしてしまう。

尊を見つめる周防の瞳はとても穏やかで、優しい。

「誉さん、今日はありがとうございました」

日向がそう言えば、周防がゆっくりと顔を日向の方へと向ける。

「尊君、いつもは自分を抑えて我がままを言うこともないので心配していたのですが、今日は本当に楽しそうで。誉さんが肩車をしていた時、パレードを見ながら尊君、ちらちら誉さんのことを見てたんですよ。一緒に来られて、とても嬉しかったんだと思います」

尊が、自分の両親のことをどこまで理解できているかは日向にもわからない。

けれど、尊の保護者は周防であるし、尊自身どこか遠慮しながらも周防の事を慕っていることはわかっていた。

「いや、礼を言うのは俺の方だ。尊のことは可愛いとは思ってはいるが、正直扱いに困っていてな。ベビーシッターを頼んだのも、日中は俺が傍にいられないこともあるが、どこかで尊と向き合うことを避けていたんだと思う」

「突然父親代わりになったんですから、気持ちはわかりますよ」

元々、周防は不器用なところがあるし、親を亡くしたばかりの尊にどう接すればよいのかわからなかったのだろう。

「だが、お前はそんな俺と尊が接する機会を作ろうとしてくれた。食事もそうだが……読み聞かせなんて生まれて初めてやったぞ」

「意外と楽しいでしょう？」

寝かしつけの際、日向は本の読み聞かせを代わりにしてもらえないかと周防に頼んだのだ。日向の方が上手いからと、最初は乗り気ではなかった周防だが、根負けし、最終的には読んでくれた。驚いてはいたが、尊はとても嬉しそうだった。

「子供ってあっという間に成長しちゃうので、一日一日が本当に大切なんですよ。読み聞かせも、何年か後にはいらないって言われちゃうかもしれません。だからこそ、出来るときに出来るだけのことはしてあげたいんです」

声を潜《ひそ》めながらそう言った日向は、尊の頭を優しく撫でる。

柔らかい毛並みが、とても心地よい。

「さすが、プロの保育士だな……、ところで日向。さっきの、同級生たちのことだが」

何といえば良いのかわからないのか、眉間に皺を寄せながら、周防が何かを話そうとしている。

そんな周防の様子に、ああやっぱりそうかと、日向は小さく笑った。

「やっぱり、誉さん聞いてたんですね、僕たちのやりとり」

「途中からだけどな。あんまり腹が立ったから出ていこうと思ったら、お前が自分で言い返していたからやめたんだ。正直、驚いた。お前でも怒るんだな」

「いや、当たり前じゃないですか」

一体、周防は日向のことをなんだと思ってるのか。

「ああ。しかもすごくかっこよかったし、聞いてて痺れた。近くで聞いてた子供を抱えた母親なんて、ちょっと涙ぐんでたぞ」

「揶揄わないでくださいよ、ムキになっちゃいけないとは思ったんですが、どうしても我慢が出来なくて……」

恥ずかしそうに日向が言えば、周防がほおを緩める。

「かっこいいって言ってたのは、尊もだからな。全部意味がわかってるとは思えないが、嬉しそうにお前の事を見てた。美人で賢くて強いって、我が家のベビーシッターは最強だな」

「最強って……だから揶揄わないで……」

笑いながら否定しようとした日向だが、周防の表情を見て驚いた。

周防が日向を見つめる人が、とても優しく、慈愛を含んだものだったからだ。

「そ、そろそろ寝ましょうか。今日は朝早かったですし」

自身の胸の高鳴りを誤魔化すように、日向が言う。

「一緒に寝るか？」

「……尊君と一緒に寝ます」

そう言うと、「全く、尊がライバルだとかなわないな」と周防が笑って言った。

大きなダブルベッドの真ん中に寝ている尊を囲むように、二人で横になる。

「おやすみなさい、誉さん」

「ああ、おやすみ」

瞳は閉じているものの、トクトクと高鳴る心臓に、日向はなかなか眠りにつくことが出来なかった。

5

目の前に座る不機嫌そうな親友、藤峰賢人《ふじみねけんと》の表情をちらちらと見つめながら、日向はキャラメルラテを口にしていた。

平日の昼下がりのカフェは客もまばらで、ゆったりとした雰囲気が流れている。聞こえてくる音楽も、今どきの曲ではなく、古いロマンス映画のサントラで、自然とリラックスした気分になってくる。

カフェの付近には大学がいくつかあるため、講義の空き時間に来ている学生もいるようだ。

すぐ近くの席の女子学生のグループはこちらが気になるようで、時折ちらちらという視線を向けてきている。とはいえ、別に日向の事を見ているわけではないだろう。おそらく彼女たちの視線は、日向の前に座っている青年に向けられている。

「だから、悪かったと思ってるよ。いい加減、機嫌なおしてよ。せっかく久しぶりに会えたんだし」

日向が言えば、ようやくつまらなそうにスマートフォンに視線を向けていた賢人が、顔をこちらに向けた。

「だよな。せっかく久しぶりに会えたのに、夕方には帰らなきゃいけないっておかしいよな」

うう……やっぱり不機嫌なままだ。

数カ月ぶりに会った親友へのフォローに苦心している日向は、もう既に本日何度目になるかわからないため息をついた。

「そもそも、あんだけ連絡入れてるのにどうして電話一つよこさないんだよ」

賢人の言葉に、ドキリとする。

住み込みで働いているため、二十四時間勤務してるような状況ではあるが、夜は基本的に自由に時間を使えるし、日中も、買い出しがない時には出かけることも出来る。

実際今日も、友人に会いに行くという話をしたらすぐに周防は了承してくれた。

周防邸は昔ながらの日本家屋であるため防音設備が整っているわけではないが、母屋にはそもそも周防たちしか住んでいないのだし、夜電話しようと思えばできた。

ただ、最初の頃は新しい生活に慣れるのにバタバタしていたし、最近夜は周防に勉強を見てもらっていることもあり、賢人への連絡をつい怠《おこた》ってしまったのだ。

もっとも、電話こそしていないが、メッセージアプリへの返信はしていたし、全く音信不通になっていたわけではない。

「いや、だけど賢人だって試験勉強で忙しかったと思うし……」

「いつの話をしてんだよ。そんなもんとっくに受かったよ」

「え？　そうなの？　すごい！」

T大の法学部に在学してる賢人は弁護士志望で、来年からは同じ大学の法科大学院に進学する予定だ。春に会った際、秋の試験に向けてしばらくは忙しくなると話していた。

賢人の家は所謂法曹《ほうそう》一家で、父親は大手の弁護士事務所を経営しており、年の離れた兄二人も検事と裁判官をしている。

毎年T大合格者を多数出す日向の通っていた高校は、学力の高い生徒が多かったが、その中でも賢人は群を抜いていた。勉強だけではなくスポーツも万能で、他の部活動の助っ人にも頻繁に呼ばれていた。

外見も華やかで、一緒に遊びに行けば頻繁にモデルやタレントのスカウトにあうような容姿をしており、まさに天は二物《にぶつ》も三物《さんぶつ》も賢人に与えていた。

ここまで何もかもがそろっていれば、周囲のやっかみも受けそうな話だが、性格も気取ったところが全くなく、人が良い。

成績だけなら日向も賢人に負けず劣らずではあったが、育った環境も違うし、クラスではどちらかというと目立たないタイプであった
日向と常に人に囲まれている賢人とでは、おおよそ共通項は見当たらなかった。

けれど、不思議と二人は馬が合い、日向が高校を辞めた後もずっと交流は続いていた。

日向といると楽なんだ、というのが賢人の弁だった。

賢人に近づく人間の中には、仲良くすることによって何かしら利益を得ようとするものが多いが、日向にはそれがないのが良いのだという。

とはいえ、そんな賢人とも一度だけ喧嘩をしたことがあった。

日向の両親が亡くなった後、生活の面倒や学費は自分がなんとかするから、高校を続けて欲しいと賢人が言ったときだ。

高校時代から既に株の売買をしていた賢人には自由になる金があり、それこそ日向の学費など些末なお金だったのかもしれない。

決して、賢人に悪気があったわけではなく、むしろ日向のためを思ってのことだという事もわかる。だけど、日向は賢人の言葉がとてもショックで、思わず怒りをぶつけてしまった。

『そんなことをしてもらったら、俺は賢人と友達じゃいられなくなる！』

日向がそう言えば、賢人はハッとしたような顔をして、小さく「ごめん……」と謝った。

賢人にとってはそうではなくとも、日向にとっては大きなお金だ。

日向の気持ちがわかったのだろう、それ以降は賢人が金銭面でのサポートを口に出すことはなくなった。

毎週のように会うことは出来ないが、月に一度は時間をとって会っていたため、これだけ長い間、賢人と会わなかったことは今までなかった。

「別に。普通に勉強しただけだよ。本当は院には行かずに予備試験受けるつもりだったんだけど、それを言ったら親に反対されるし」

検事や裁判官、弁護士になるための司法試験に合格するには、法科大学院に進学する他に、予備試験を受けるという方法がある。

ただ、予備試験はかなりの難関で、合格者は毎年数パーセントほどだ。

「そうだね、賢人なら多分予備試験を受けても合格出来ると思うけど、せっかく親御さんが院に行っていいって言うなら、院で勉強した方がいいんじゃないかな。学生だからこそ、自由に時間だって使えるんだし。それにしても、本当におめでとう。お祝いしないとね」

笑って日向がそう言えば、不機嫌だった賢人の頬が緩んだ。

「別にいいよ、そんなの」

けれど、状況を思い出したのかすぐに表情が厳しくなった。

「というか、引っ越したならそう言えよ。状況がわからなくて、大家さんに事情を説明してもらったんだぞ」

日向の家に何度か遊びに来たことがある賢人は、大家とも顔見知りだった。

「ご、ごめん……まだ落ち着いてなかったのもあって、言いそびれちゃって」

「しかも、転職までしてるし」

「え？」

賢人の言葉に驚く。仕事をかえたことは、説明していなかったはずだ。

「ああ、学校で絹田に聞いたんだよ。なんか、先週？　シンフォニーランドで会ったんだろ。会社の関係でお前は来てたって聞いた」

「絹田君、同じ大学だったんだ」

ということは、理三《りさん》か。自分たちの高校では珍しくもなかったが、それだけ努力したという事だろう。

「事情は知らねえけど、お前に謝ってくれとだけ言われた。またあいつら、なんかくだらねえこと言ったのか？」

「……大したことじゃないよ」

学部の違う賢人にわざわざそれを伝えてくれたという事は、絹田にも思うところはあったのだろう。基本的に、みな温室育ちで世間を知らないだけで、根っからの悪人ではないのだ。自分の言葉が、彼らの心に少しでも響いてくれたならよかった。

「だいたい、せっかくなれた保育士をどうしてやめたんだよ」

「それは……」

日向は、これまでの経緯をかいつまんで説明する。聞いているうちに、賢人の表情が明らかに怒りを帯びていく。

「なんだそれ、明らかに不当解雇だろ⁉　訴えろよ」

「も、もういいんだよ……過ぎたことだし」

基本的に、保育士試験を受けるには高校を卒業していなければならない。

日向が試験を受けることが出来たのは、施設で暮らしながら同時に働いていたからこそ、その資格が得られたのだ。

そんな事情を知っている賢人からすれば、園の日向への対応には憤りを感じるのだろう。

「で？　それで今は何の仕事をしてるんだよ」

「えっと……住み込みで社員寮みたいなところの管理？　いや、家政夫みたいな感じ……？」

賢人に詰め寄られ、日向の背中に冷や汗が流れる。我ながら、苦しい説明だ。

ベビーシッターと言えれば良いのだが、ベビーシッターを住み込みで雇えるような人間は滅多にいない。賢人のことは信頼しているが、周防の話をするのは少々憚られた。

「はあ？　どこの会社だよ」

「えっと……ごめん、実務に携わってるわけじゃないから、よくわからない」

日向の説明に、賢人の表情がどんどん引きつっていく。確かに、同じ説明を日向が聞いても意味が分からないと思うだろう。

「まあいいや。その仕事なら、どうしても続けたいってわけでもないよな？」

「へ？」

「いや、前から親には相談してたんだけど、院に受かったら一人暮らしをしてもいいって言われてたんだ。ここ最近俺の方がバタバタしてたのもそのせい。引っ越すにしても、春になってからの方がいいとは言われたんだけど、引っ越し代金は春のが高いし、だったらこの時期にやっちまおうってことになって」

「そうなんだ。よかったね、賢人、大学に入った時からずっと家出たいって言ってたもんね」

賢人の実家は世田谷の一等地にあり、都内のどこに出るのにも便利な場所だ。

そのため、大学を卒業するまでは家から通うよう両親からは言われていたようだ。

「そうなんだよ、それで、色々見て回って……比較的新し目で、部屋もいくつかある物件見つけたんだ。家賃はちょい高めだけど、払えない額でもないし、駅からも近くてさ」

「へえ、それだけの条件がそろってるってなかなかないよね」

賢人は家賃がちょい高め、とは言っているが、おそらくちょっとどころじゃないんだろうな、とぼんやり思う。

「ああ、都心にもすぐ出られるし、あと夜景もすごくきれいで……」

ここまで力説するって、賢人は一人暮らしがよっぽど嬉しかったんだろうな。

「そうなんだ、今度遊びに行ってもいい？」

「ああ、勿論……じゃなくて！」

何故か賢人が苛立ったような様子を見せ、日向は大きな瞳を瞬かせる。

「だからその……一緒に住まないか？」

「え……？」

言われた意味を、すぐに理解することは出来なかった。

「いや、今の仕事をしてるのって、住み込みで働ける職場だからだろ？　話を聞く限り、仕事がなくなって、身元引受人もいないってなると物件探しも大変だったろうし……っーか、なんで相談してくれなかったんだよ。言ってくれれば、もっと引っ越しも早められたのに」

「賢人……」

確かに、もしあの時賢人が一人暮らしをしていたら、一時的に居候《いそうろう》をさせてもらうことを考えていたかもしれない。

賢人の言うように、尊のベビーシッターを引き受けたのも、住み込みで出来るという事が大きかった。

「家賃は本当、新しい仕事が見つかって払えるようになってからでいいし、精神的に負担になるなら料理や掃除とか空いてる時間にやってくれればいいから。いや、別にそれも強制してるわけじゃないし……」

日向がすぐに頷かなかったのを、どうやら家賃を気にしてのことだと思ったようだ。

珍しく緊張しているように見えるのは、もしかしたら以前喧嘩した時のことを思い出しているのかもしれない。

こんなにも自分を心配してくれている賢人の気持ちに、胸が熱くなる。自分には勿体ないくらいの友達だ。

「ありがとう、賢人」

ようやく日向が口を開けば、賢人の表情が明るくなる。

「賢人の気持ちは本当に嬉しい。だけどごめん、今の仕事は、やめられない。まだ始めたばかりってのもあるけど、やりがいもあるし、楽しいんだ」

ほんの一瞬、ベビーシッターをやめ、賢人とルームシェアをしながら他の仕事を探すことも考えた。

だけど、その考えはすぐに打ち消された。尊と、そして周防の顔が頭に浮かんだからだ。ようやく尊も周防と打ち解け始めたとはいえ、気がかりなところもいくつかあるし、それなのに仕事を途中で投げ出すことなんて出来なかった。

周防だって、日向の事を信頼して尊のベビーシッターを任せてくれたのだ。それを個人の都合で裏切るわけにはいかない。

「は？　意味わからないんだけど……だって社員寮の管理って、食事を作ったり掃除をしたりってことだろ？　お前なら、もっと他の仕事が……」

「賢人」

日向が途中で言葉を遮れば、賢人は苦い顔をした。賢人は弁護士志望だ。職業に貴賤《きせん》はないということだって、わかっているはずだろう。

「色々ありがとう。せっかく誘ってくれたのに、本当にごめん」

そう言った日向は、賢人に対して頭を下げた。

そんな仕草からも、日向の決意は固いと思われたのだろう。

「そっか……わかった……」

賢人の声は、明らかに意気消沈しており、申し訳ないくらいだった。

とりあえず、今度は賢人の合格祝いも兼ねて食事でもしようということでその日は別れたが、最後までどこか賢人の表情はさえなかった。

＊　＊　＊

「尊君？」

「あ……」

夕ご飯を見つめたまま、ぼうっとしている尊に日向が声をかければ、尊が日向へと視線を向けた。

「どうしたの？　嫌いなものがあった？」

今日の夕食のメニューは尊成のリクエストもあり、豚の角煮だ。糖質をあまりとることが出来ない尊成だが、その分たんぱく質をとることは出来るため、メイン料理はなるべくボリュームのある物にしている。

圧力なべで時間をかけて煮込んだため、味はしみ込んでいるはずだし、何よりとても柔らかくなっている。

尊のものだけ他の大人に比べて小さく切って食べやすくもしている。

煮物だって尊の好きなさつまいもだし、レンコンのはさみ揚げも以前作った時には喜んで食べていた。

「ち、違うよ。全部好き。ひなちゃん先生が作るご飯は、全部美味しいもん」

そう言うと、慌てたように尊は箸をとり、食事をとり始める。

「ありがとう。だけど、ゆっくりでいいからね」

最近、こういうことが度々あった。いつもなら日向に言われずとも自分で出来る事はなるべく自分でしようとする尊が、日向が何か言うまでぼうっとしてしまっているのだ。

保育園で何かあったのだろうかと保育ノートを見てみるが、これといって特別なことは何も書かれていないし、保育園に行くのを嫌がる様子はないと坂口も言っていた。

日向はこっそりと周防の方を見つめれば、視線が合った。周防も、何か思うところがあったのだろう。その表情は、少しばかり曇っていた。

「命日《めいにち》……ですか？」

尊が眠った後、日向はそのまま部屋に残り、周防の話を聞いていた。

最近の尊はあまり寝つきが良くなく、何冊も本を読み、日向が歌を歌い、ようやく眠りにつくといった感じだった。

「ああ。尊の両親が事故にあったのがちょうど、一年前の今頃だ。最近様子がおかしいのは、そのせいだと思う」

「ご両親が……亡くなった時期……」

そういえば、最近の尊は一緒に遊んでいても膝に座ったり、手を繋いだりと甘えたがることが多かった。

これまで日向が手を繋げば、照れたような嬉しそうな表情をすることは多々あったが、自分からすることはあまりなかったため、少し珍しいとは思っていた。

尊の年齢を考えればまだまだ甘えたい時期ではあるし、むしろ甘えたいだけ甘えさせてあげたいとは思ったのだが。

ただ、そういった事情があるなら話は変わってくる。

「あの誉さん、尊君には、ご両親のことはなんて……」

日向自身が触れていないという事もあるが、これまで尊の口から両親の話を一度も聞いたことがなかった。

「死んだということは、尊には伝えた。だが、おそらく理解できていないと思う」

「え……？」

「近所にある、都立公園のブランコ、尊が気に入っているのは知ってるか？」

「はい。ヤス君と交代で遊びに連れて行くんですが、空いているときにはずっとブランコに乗ってますね」

「あの公園は、尊が最後に両親と別れた場所だ。ブランコに乗って遊んでいれば、すぐに自分たちが迎えに来ると、そう尊には言ったそうだ。尊はその言葉を信じて、その日雇っていたベビーシッターとずっと両親の帰りを待ち続けていたが、結局二人が尊を迎えに来ることはなかった。おそらく尊は、あの公園で待っていれば両親は迎えに来てくれると、そう思ってるんだろう」

「……そんなことが……」

そういえば、ブランコに乗っているとき、尊はとても楽しそうだったが、そのたびに園の出入り口の方を見つめていた。

他の子供がブランコに乗りたがるか気にしているのだと思っていたが、もしかしたら両親が来るのを待っていたのかもしれない。

日向が両親を亡くしたのは十六の時だった。当時の日向でも、しばらく立ち直ることが出来なかったが、尊はもっと小さいのだ。

出来れば、このまま両親の死に関しては触れずにいた方がいいのかもしれない。それこそ、両親の死が理解できるようになるまで。

……いや、それじゃダメだ。

「誉さん」

「なんだ?」

「あの、尊君に、ご両親が亡くなったことを話してはいけませんか?」

「それは……」

周防の眉間に、皺がよる。周防としては、出来れば触れずにいた方がいいと思っているようだ。

「尊君は三歳ですが、とても利発な子です。ちゃんと話をすれば、わかってくれると思うんです。それに」

日向が、自身の唇を軽くかむ。

「戻ってこないご両親のことをずっと待ち続ける方が、辛いかなって思うんです……。勿論、難しそうでしたら途中でやめますが」

周防は眉間に皺を寄せたまま、しばらく何の言葉も発しなかった。

もう両親が二度と帰ってこないことを知れば、尊が強いショックを受けるはずだ。

尊が悲しむのを、周防だって見たくはないのだろう。

「わかった」

長い沈黙の末、ようやく周防がその口を開いた。

「この事に関しては、日向に任せる。正直、何が尊にとって一番いいのかはわからない。だけど、お前なら良い方向に持っていってくれるんじゃないかと思う。なんていっても、ひなちゃん先生だからな」

深刻な表情をしていた周防が、最後に少しだけ笑った。

「か、揶揄わないでください……」

「揶揄ってるわけじゃなく、本気で思ってるぞ。日向がここに来てから、尊の顔に目に見えて笑顔が増えた。正直、あの時は罪滅ぼしの気持ちが強かったんだが……あんたが尊のベビーシッターになってくれて、本当に良かった」

「そんな……僕は自分に出来る事をやっているだけですので」

本音を言えば、仕事という感覚が最近はあまりなくなってしまっていた。

それこそ周防は日向が自分の時間をとれるように色々と配慮をしてくれているのだが、

尊や周防と過ごす時間が苦にならない日向にとっては、なんだか寂しいとまで思ってしまうほどに。

「う、ん……」

尊が、小さく声を上げた。

「す、すみません。声が大きかったですかね」

「いや、大丈夫だろう」

周防が笑って、尊の頭を撫でる。その姿がとても自然で、改めて二人は家族なのだと実感する。幸せそうな二人を見ていると、穏やかな気持ちになる一方で、日向は少しだけ疎外感を感じた。


翌日の夜。風呂から上がって洗面所で髪を乾かした後で部屋へ戻れば、布団が三枚敷かれていた。日向が周防に頼み、今日からしばらくの間尊と一緒に寝させてもらえないかと話したのだ。

尊に両親のことを話すことが、尊の心に大きな負担となることはわかっている。

子供だって、ストレスを感じることはあるのだ。だから、出来る限り一緒に過ごして様子を見守って、尊が耐えられない様だったら話すのをやめようと思った。

周防は快諾《かいだく》し、「じゃあ日向が真ん中だな？」等と冗談を言ったが、笑顔でそれは流した。

「お布団、三つある……？」

「なんでだと思う？」

屈んで目線を合わせて日向が聞くと、尊の顔がパっと明るくなった。

「ひなちゃん先生も、今日はここで寝るの？」

「そう、僕もここで寝てもいい？」

「うん！」

よほど嬉しかったのだろう。そう言った尊は、日向の身体にギュッと抱き着いた。

お風呂上がりという事もあり、尊の体温はとても温かい。

日向はその小さな身体を抱きしめ返し、ゆっくりを身体を離すと尊の顔を覗き込んだ。

「尊君、あのね、今日新しい本を買ってきたんだ。ちょっと難しいお話かもしれないけど、聞いてくれる？」

尊は不思議そうに日向の顔を見つめ、そしてこくりと頷いた。

たくさんの動物たちが載っている絵本の表紙を見つめた尊が、大きな瞳を輝かせている。

「わ、す、れ、ら、れ、な、い……」

そうして、ゆっくりとタイトルを読み始める。

尊が保育園に行っている間に日向が書店に行き、買ってきたのは英国の作家が書いた日本でも有名な絵本だ。

教科書の題材にもなっており、日向自身も幼い頃、母親に何度も読んでもらった大好きな本だ。

ただ、母に読んでもらったものは英語版だったため、日本語版を買ってきた。

やさしく、哀しく、だけど愛おしいこの話を、今でも日向は時折読み返している。

「じゃあ、読むね」

日向はタイトルを読むと、ページをゆっくりとめくった。

尊は動物が出てくるお話が大好きで、興味津々といった面持ちで、絵本を覗き込んでいた。

けれど、話が進むにつれ、明るかった尊の顔がだんだんと沈んでいく。

小学校の教科書にも採用されているだけのことはあり、物語自体は難解ではないものの、内容はとても深い。けれど、尊ならば理解できると日向は思った。

「……はい、おしまい」

ゆっくりと話し終え、絵本を閉じる。尊は、しばらく何も言わずに絵本の表紙を見つめていた。

「アナグマさん、死んじゃったの……？」

「うん、そうだね」

「死んじゃったら、もう、会えないの？」

「うん……会えないよ」

日向がそう言うと、尊の瞳にじわりと涙が浮かぶ。

「トンネルの向こうに、行っちゃったの……？」

アナグマが仲間たちに残したメッセージを、覚えていたのだろう。

尊が浮かべた涙の粒は、どんどん大きくなっていく。

「そうだね……もう、会えない場所にアナグマさんは行っちゃったんだ」

日向がそう言った途端、尊の瞳からほろりと涙が零れ落ちた。「なんで、どうして」っと。いなくなってしまったアナグマのことを、心から哀しんでいるようだった。

「尊君……」

日向は、尊の身体を優しく抱きしめた。そうすると、続いていた嗚咽が少しずつおさまってくる。

そうして、ポツリと小さな声で呟いた。

「尊のパパとママも、トンネルの向こうに行っちゃったの……？」

その言葉に、はじかれたように日向は尊の顔を見つめる。

「どうして……」

「誉おじちゃんが、言ってた。尊のパパとママは死んじゃって、遠くに行っちゃったから、もう会えないって。これからは誉おじちゃんが一緒にいてくれるって」

尊の瞳から、再び涙が溢れてくる。おそらく、尊は小さいながらも両親の死を感じ取っていた。

けれど、尊にとっての死は漠然としていたものだったため、心が追い付いていかなかったのだ。

「そっか、尊君は、わかってたんだね……」

尊が、時折公園の入り口を見つめていた姿は思い出す。あれは、父と母がもう自分を迎えに来ないことはわかっていても、それでももしかしたらと、そんな風な気持ちを今も持っているからなのだろう。

「あのね、尊君」

俯いてしまった尊が、ゆっくりと顔を上げる。

「僕の両親……パパとママも、僕が子供の頃に死んじゃったんだ。子供って言っても、尊君よりはずっと大きかったんだけどね。僕はとても悲しくて、しばらく何もすることが出来なくなってしまった。だから、尊君はとてもすごいなあと思うよ」

日向の表情が、哀し気に歪んだのがわかったのだろう。尊が、心配そうな顔で日向の顔を見る。

「ひなちゃん先生も、パパとママに会いたいって思った？」

「うん……今でも会いたいって思うよ」

母の笑顔と、少しだけ癖のある、だけど可愛らしい日本語。父の、口数こそ多くなかったが、いつも自分を優しく見守っていてくれた姿。

叶うならば、二人にまた会いたいと、何度思ったことだろう。

「でもね尊君、少ししてから、僕は気付いたんだ。パパとママは今も僕の心の中にいるって。何か困ったことがあると、ママだったらなんて言うだろう、パパだったらどうするだろうって、そんな風に考えてるよ。尊君のパパとママも、尊君の心の中にいない？」

尊は少し不思議そうな顔をして、自身の胸にその小さな手を当てた。そのままギュッと目を閉じた。

そうしてしばらくすると、パっと顔を上げた。

「いる……尊の心の中に、パパとママ……」

日向は頷き、尊に対して笑いかける。

「尊君は、ご挨拶も出来るし、ごめんなさいとありがとうが言える、とってもいい子だと思う。多分、ママとパパにそう言われてたからだよね？」

「……あと、お友達にも優しくして、困ってる人がいたら助けてあげてって、そう言われた」

少し興奮したように、尊が言う。もしかしたら、言われた当時の尊は言葉は覚えていても、意味はよく理解できていなかったのかもしれない。

だけど、尊の両親の言葉は、今でも尊の心の中に強く残っている。

「うん、尊君はお友達にいつも優しいし、困っているお友達のことも助けてあげてたものね。でもね尊君、尊君はすごく良い子だけど、どうしても我慢できない時には、泣いたり怒ったりしていいんだよ。誉おじちゃんも、僕も、それから尊成おじいちゃんも、それで尊君の事を嫌いになったりなんてしない」

尊の瞳が不安げに揺れ、そして訴えるように日向の事を見つめる。

「パパとママには会えないけど、でもひなちゃん先生と誉おじちゃんがいてくれるから、寂しくないよ。でもね、最近はなんだか泣きたい気持ちになるの」

「そうか、だったら、泣いていいいんだよ」

「え……？」

「たくさん泣いて、その後また楽しいことを思い出そう。アナグマさんが死んだあと、動物たちだってそうしてたでしょ？　涙が止まったら、誉おじちゃんに頼んで、ママとパパの写真を見せてもらおう」

日向がそう言えば、尊は最初は戸惑ったような表情をしていたが、そのうちその瞳から大粒の涙が零れ落ちてくる。

「うっ……うっ……ひっく……」

尊らしい、とても控えめで大人しい泣き方ではあったが、震えるからだから、全身で悲しみを表しているのがわかった。

「尊君……」

日向がもう一度その身体を抱きしめれば、まるで堰を切ったように涙が流れていった。

おそらく、尊はずっと泣きたかったのだ。けれど、自身の気持ちを知らず知らずのうちに制御してしまっていた。

日向は、尊が泣きつかれて眠りにつくまで、その身体をずっと抱きしめ続けた。

「なるほどな、そういうことだったのか……」

夜も更けた頃、帰宅した周防に尊の話をすれば、少しだけバツの悪い顔をした。

「子供だからわからないだろうなんて思っていたが、本当は色々なことがわかっていたんだな。難しいな、父親代わりってやつは」

「いえ、そんなことはないですよ。尊君、誉さんがいてくれるから寂しい気持ちを忘れられたって言ってましたし」

勿論、未だ遠慮はあるようだが、それでも以前よりもずっと尊は周防に甘えられるようになっていると思う。

周防が一緒に夕食をとれる日は、いつもより嬉しそうだし、帰りの時間を気にしていることも知っている。

「まあ、子供にしては物分かりが良すぎるとは思ってたからな。出来る限り甘えさせてやって欲しい……って言うまでもないか」

「え？」

「同じ布団で寝てるのは、尊を甘やかしてやってるからだろ？」

布団は三枚敷いたものの、日向と尊は今同じ布団の中にいた。

「尊君が……離してくれなくて」

苦笑しながら、少しだけ布団をめくり、しっかりと日向の裾を握ったままの尊の手を見せる。

「全く羨ましい……子供の特権だな」

「何言ってるんですか」

少し不満げに言う周防に対し、日向がこっそりと笑う。

笑いながら周防を見れば、ドキリとした。自分を見つめる周防の視線が、とても穏やかで優しいものだったからだ。

「す、すみません。先に、寝ますね」

鼓動が早くなるのを誤魔化すように、日向は視線を逸らす。

「ああ、遅くまで悪かったな。ゆっくり休んでくれ」

周防はそう言うと、部屋の電気を常夜灯にしてくれる。そして、物音を絶てぬよう、ゆっくりと横になった。

なんだろう……この気持ち……。

心臓の音がはやくなるのを感じながら、日向は瞳をギュッと閉じた。

6

今年は暖冬だと聞いていたが、十二月に入ると、さすがに都内の気温も下がってくる。

元々は標準的な体格だった尊だが、以前に比べて食事をしっかりとるようになったこともあり、すくすくと身長が伸びていた。

そのため、衣替えに出したはずの冬服のサイズが、ほとんど合わなくなってしまっていた。

基本的に、尊の身の周りの世話はもちろん、衣類や玩具に関する管理も日向は任されている。けれど、子供服とはいえ良いものを買えばそれなりの値段にはなる。

どうしようかと周防に相談すれば、いくつかのブランドのパンフレットを渡され、好きな服を選ぶように言われた。

子供はすぐに大きくなってしまうし、汚すことも多いから服装にお金をかけるべきではないという意見もある。

けれど、周防の家は金銭的な心配はないのだし、それだったら良い服を着せてあげたいと日向は思った。

「尊君は何を着ても可愛いいんですけど、やっぱり動きやすい服のがいいですよね？　いえ、お出かけ着も必要でしょうか？」

どのブランドも、日向でも聞いたことがある有名な子供服メーカーだ。

そういえば尊はいつも良い服を着ていると、他の保育士たちもこっそりと噂していた。

「尊だけじゃなく、お前の分も買っていいぞ？」

「は……？」

「いつも似たような服を着てるだろう、まあ今の格好も悪くはないが。そのブランドは子供服以外も展開しているし、せっかくだし自分の服も買ってきたらどうだ？」

つまり、周防は尊の服と一緒に日向にも服を買うように言っているようだ。

「え？　いや、結構です！　というか、こんな高い服着たら仕事が落ち着いてできません！」

一応エプロンはしているとはいえ、ベビーシッターの仕事は運動量もとても多い。

そのため、服装は清潔感と動きやすさばかり考えて選んでいた。

「出かけるときに着ればいいだろう？　クリスマスだって近いんだし」

「あ……」

そういえば、もうそんな時期だった。クリスマスには、尊成から尊と誉と一緒にホテルのディナーに行こうと誘われていた。

確かに、ホテルのレストランで食事をとるのならそれなりの服装はしなければならないだろう。

「なんだったら、俺が見立ててやってもいいぞ？　ただ、その場合は仕立て屋を呼ばなきゃならないから、時間が……」

「だ、大丈夫です！　自分で買ってきます！」

周防が着ているスーツはほとんどがオーダーメイドだが、生地からしてとても高級な物なのだと以前坂口が言っていた。

それならば、まだ自分で買った方が安く済むだろう。

「ボーナスだと思って、遠慮なく買ってこい」

日向が負担《ふたん》を感じない様、周防がからりと笑ってそう言った。

「あ、ありがとうございます……」

申し訳ないと思いつつも、心の底では嬉しさを感じており、こっそり日向は微笑んだ。

両手に子供服ブランドのバッグを抱えた日向は店を出ると、先ほどから鳴り続けているスマートフォンにようやく出ることが出来た。

発信者の名前は賢人だった。メッセージアプリですませずにこれだけの電話をくれるという事は、何かあったのだろうか。

「ごめん、なかなか出られなくて」

雑踏《ざっとう》の中、日向がスマートフォンを耳に当てれば、切羽詰まったような賢人の声が聞こえてきた。

「日向、今大丈夫か?」

「うん、ごめん、ちょっと買い物してたから電話に出られなくて」

「そんなのはいいから、今外か?」

「あ、聞こえにくい? ちょっと場所を移動するから」

「いやそうじゃなくて、今どこにいるのか教えてくれ」

あまり聞いたことがない、ひどく焦ったような賢人の声に日向は最寄《もよ》りの駅の名前を伝える。

すると、すぐ近くにあるカフェの名前を告げられ、そこで待っているように言われた。

思ったより買い物が早く終わったが、帰るのは昼過ぎになると坂口に伝えてあるため、尊成の食事は特に問題ない。

何かあったのかなあ……賢人。

あそこまで賢人が動揺しているのを、今まで見たことがない。

指定されたカフェに入ればすぐにウエイターが注文を取りに来てくれたため、カフェラテを飲みながら賢人の到着を待った。

「……日向お前、住み込みで働いてるって言ってたけど、何をやってる会社か知らないって言ってたよな？」

日向を見つけ、ウエイターに注文するや否や、賢人は声を潜めて日向に言った。

おそらく、かなり急いで家を出てきたのだろう。外に出るときには髪の毛からつま先まで、常に完璧に整えている賢人が、今日のヘアスタイルは櫛《くし》を通しただけだし、服装もカジュアルなものだった。

「う、うん……大きなお家《うち》なんだけど……」

賢人の問いに、日向の手に視線と汗がにじむ。もしかして、周防の仕事を知られてしまったのだろうか。

「絹田の奴がどっかデカイ会社の社長だって言ってたから、名刺に書いてた名前を聞いた。

それで、一般的には知られてないことだが、お前が働いている場所は反社会的勢力……所謂ヤクザだ」

日向の表情が、固まる。

「ど、どうして……」

「弁護士事務所なんてやってると、それなりの情報は手に入るんだよ。お前が保育園をクビになったのも、そこの息子が原因なんだろ？　それなのに、どうしてそんなところで働いてるんだよ」

「ち、違うよ。保育園をやめたのは尊君のせいじゃなくて、他の……」

「そんなことはどうでもいいから、今すぐ仕事をやめるんだ。ヤクザになんて関わったら、お前の人生台無しになるぞ？　これからまともな職にだってつけなくなる」

強く、真っすぐな瞳で賢人が日向のことを見つめる。確かに、自分が賢人の立場でも親友がヤクザと関わっているとなったら心配するだろう。

「そ、そんなことはないよ。この前も言ったけど、僕はほま……じゃない、周防さんの仕事の内容は知らないし、周防さんも自分の仕事にはなるべく関わらせないようにしてくれてるんだ。だから……」

「はあ？　日向お前、自分が何を言ってるのかわかってんのか？　そりゃあ、お前がヤクザの一員になってるとは思わないけど、関わってる時点で俺は嫌だ。日向には社会の底辺みたいな連中と関わって欲しくない！」

声こそ大きくはなかったが、賢人の言葉は鋭かった。けれど、その言葉を聞いた日向はさすがに黙っていられなかった。

「底辺って……そんな風に言って欲しくない。確かに、世間一般で言えば反社会的組織として扱われるんだってわかってるけど、だけど周防さんたちはみんな優しいし、それに周防さんは仕事がなくなった僕のことを助けてくれたんだ。賢人だって、職業に貴賤はないって昔よく言ってたじゃないか」

「ヤクザは別だろ？　あんな奴ら、社会のごみでしかない」

「周防さんの事を何も知らない賢人に、そんな風に言われたくない！」

我慢できずに、思わず日向も強く言ってしまった。ハッとして賢人を見れば、ショックを受けたような表情をしている。

「ご、ごめ……」

慌てて、謝ろうとすれば。

「なんで、そんな風に庇《かば》うんだ？　おかしいだろ？　自分が言っていること、わかってるのか？」

自身の手で額を抑えながら、賢人がゆるゆると首を振る。この状況が理解できないと、その表情はひどく苦しげだった。

「……賢人が心配してくれる気持ちは嬉しいよ。だけど、俺は周防さんのことは尊敬してるし、自分の仕事の内容にだってやりがいを感じてる。ごめん、今日はもう帰るね。多分、話しても堂々巡りになるだけだし……」

伝票を確認し、財布の中から千円札を取り出す。

そのまま席を立とうとしたのだが、賢人がその前に口を開いた。

「好きなのか？」

「え？」

「そいつのこと」

言いながら、持っていたバッグから大きめの封筒を出し、さらに中から数枚の写真を取り出す。

そこに写っていたのは、日向と尊、そして周防だった。一週間ほど前、尊の両親の墓参りに出かけた時のものだ。

仲睦まじげに尊を真ん中に、三人で手を繋いでいる姿は微笑ましく見えるが視線は全くあっておらず、明らかに盗撮であることはわかった。

「前回会ったとき、お前の様子がどうもおかしかったから、興信所《こうしんじょ》を使って調べさせた」

「これ……どうして……」

「な……！」

「興信所の職員の話では、家族も同然に扱われているって話だった。それこそ、お前は周防の愛人なんじゃないかとも」

「違う！　そんなわけないだろ!?」

「俺だってそんな馬鹿な話があるかって思ったよ！　だけど、実際に会ったお前は周防を信じ切って疑おうとさえしない。わかってるのか？　相手はヤクザの若頭《わかがしら》だぞ？　親切なフリしてお前を雇って……。騙されてるに決まってるだろ？」

声を抑えながらも、賢人は日向をなんとか説得しようと必死に言葉を重ねていく。

けれど、賢人の言葉は日向の頭にほとんど入ってこなかった。

「興信所って……調べたの……僕の事」

「心配だったんだから、仕方ないだろ？」

「心配してくれるにしても、やっていいことと悪いことがあるよ！」

自分のあずかり知らぬところで、賢人に色々な事が調べられていたという事実が、とにかくショックだった。

お前のことは信頼していないと、そう言われいてるような気分だった。

「……帰る……」

今は、賢人の顔を見ていたくなかった。賢人からはまだ話は終わってないとばかりに制止の声をかけられたが、日向はそれを聞かずに店の外へと速足で出て行った。

駅に向かう信号で止まったところで、自分の手が震えていることに気づいた。

興信所まで使って自分のことを調べていた賢人の行動も、愛人という言葉も、何もかもがショックだった。

＊＊＊

太陽が頭の上に輝いている時間は、この時期とても短い。十七時近くになると、すでに辺りは薄暗くなってしまう。

「尊君、もうそろそろ帰るよ」

「もうちょっとだけ」

「じゃあ、あと少しだけね」

日向が腕時計を見てそう言えば、「は～い」と嬉しそうに尊が返事をした。

以前ならば、日向が帰ると言えば自分の気持ちを我慢して、すぐにブランコを降りてしまっただろう。

少しずつ、自分の主張が出来るようになってきた尊を、日向は嬉しく思った。

……やっぱり、ちゃんと話し合った方がいいかなあ。

賢人と会ってから二週間、その間何度も賢人から着信があったが、日向は一度も出ていなかった。だからといって、このままでよいとは思っていない。あの時は、興信所まで使って自分のことを調べた賢人の行動がショックだったが、それだけ日向の事を心配してくれていたという事だろう。

でも……話し合ったところでやっぱり堂々巡りな気がするし。

考えても仕方ない。とりあえず、次に電話がきたらちゃんと出るようにしよう。

それより、さすがにそろそろ帰ろう、と思ったとき、楽しそうにブランコに乗り続ける尊が公園の入り口方向を何気なく見つめ、そして僅かに頬を強張らせた。

なんだろう、そう思った日向も振り返ると、その瞳を大きく瞠らせた。

「賢人……？」

公園に入ってきたのは、ちょうど今しがたまで日向が頭の中で考えていた賢人その人だった。

張りつめたような表情の賢人は、日向の方へズンズンと歩いてくる。何かしら感じるものがあったのだろう。尊が自分からブランコを降り、日向の手をギュッと握った。

「ごめん！」

けれど、賢人は何か言うでもなく、日向の目の前まで来ると、ガバリと頭を下げた。

呆気にとられたまま、日向が何も言えずにいると、

「あの後、お前に言われた言葉を俺なりに考えて、それで……反省したんだ。お前のことが心配だからって、興信所まで使うのはやりすぎだったと思う。日向が仕事を楽しそうにしてたのに、それも否定してごめん」

「賢人……」

日向の瞳を見つめ、真摯に自身の言動を謝罪してくれる賢人に、日向の胸の中がじわりと温かい気持ちになる。

これから法曹界に身を置くであろう賢人には、自分の仕事のことはわかってもらえないだろうと半ばあきらめていた。

それくらい、前回会ったときの賢人は強い言葉で周防と、そして日向の仕事を否定していたからだ。

だけど、そうじゃなかった。ちゃんと、賢人はわかってくれた。

「僕の方こそ、賢人は心配してくれてたのにあんな言い方してごめん。その、賢人が心配するようなことは本当にないから、大丈夫だから」

「ああ、わかってる……」

そう言うと、賢人は穏やかに微笑み、そして日向の隣にいる尊に気づいたのか、視線を向ける。

「あ？　これが世話してるって言う子か？　かわいいな」

「うん。尊君、ご挨拶は？」

背を屈《かが》め、賢人は笑顔を見せたが、尊は何故か落ち着かない様子で視線を逸らしてしまった。

「あれ……？」

珍しい。尊は基本的に挨拶がきちんとできる子供だし、人見知りもする方でもない。

「尊君？　どうしたの？」

日向が話しかけても、繋いでいる手を強く握りしめるだけだ。

「嫌われちゃったかな？　まあいいや。あのさ、突然で悪いんだけど、今日家で飯食わないか？　前に遊びに来たいって言ってただろ？　院試の合格祝いってことで……食事はデリバリーで頼めばいいしさ」

「え……？」

突然の申し出に、正直に言えば戸惑った。

ただ、いつもならばこの後食事を作らなければならないのだが、今日は周防と尊成は何かの集まりがあるらしく、どちらも外で食べるという話だった。

尊の料理に関しては既に下ごしらえが出来ているため、あとは簡単な調理を済ませるだけだ。

けれど、今日は周防がいないからこそ、自分が尊の傍にいたかった。

「ごめん、誘ってくれたのは嬉しいけど、今日はちょっと都合が悪くて。また、日を改めてもらっちゃダメかな？」

心底申し訳なさそうに日向が言えば、賢人は残念そうに顔を曇らせたが、すぐに困ったような笑いを浮かべた。

「そうだよな、突然言われたらお前も困るよな。わかった。じゃあとりあえず、車で送らせてくれよ。もう、遅い時間だしさ」

「あ……ごめん、その、尊君は小さいから、チャイルドシートが必要で……」

賢人が大学祝いにと買ってもらったシビックには日向も何度か乗せてもらったことはあるが、勿論チャイルドシートはついていない。

「ここから歩いてすぐだから、大丈夫だよ。年末年始は休みを取らせてもらうつもりだから、その頃にまた会おう」

日向がそう言えば、渋々といった表情で賢人が頷く。

「わかった。じゃあまた連絡する。尊君も、バイバイ」

賢人は笑顔で笑いかけたが、尊はやはり表情を凍らせたままだ。もしかしたら、どこか調子が悪いのだろうか。

あ……もしかして寒かったのかな？　風邪のひき始めとか？

そう思った日向は、賢人にもう一度別れの挨拶をすると、早々に尊の手を引き帰路へとついた。尊の歩く速度に合わせても、周防邸までは十分もかからない。玄関先で出迎えてくれた坂口に尊の体を温めてくれるよう頼む。

その時、ちょうどコートのポケットに入れていたスマートフォンが振動する。

賢人？　なんだろう？　何か言い忘れた事でもあったのかな？

おそらく、まだこの近くにいるはずだ。

「ごめんヤス君、たまたま公園で友達に会ったんだけど、なにか話し忘れたのかもしれない。ちょっと話してくるよ」

「え？　あ、うんわかった」

それだけ言付《ことづ》けると、日向は再び玄関の外へと出る。キョロキョロと見渡していると、ちょうど賢人の車が目に入った。

日向が出てきたことに気付いたのか、ゆっくりと車は日向の方へと近づいてきて、ウインドウが下がる。

「電話くれた？」

「ああ、ちょっとまだ話したいことがあって」

「長くなりそう？　ちょっと、尊君の様子が気になってて……」

「そんなに大した話じゃないから。寒いからとりあえず車に入って」

「わかった」

賢人が助手席のドアを開けてくれたため、中へと乗り込む。

暖房がきいているため、車の中は温かかった。

「それで？　話って？」

日向は運転席に座る賢人の方を向く。すると、賢人はゆっくり助手席の方を向き、ニヤリとその口の端を上げた。

「日向って、本当に純粋って言うか、警戒心ゼロだよな。まあ、そんなところも俺は好きなんだけど」

え……？

一体、どういう意味だろう。そう思い、声を発しようとした瞬間、賢人の大きな手によって日向の口が塞がれる。

「な……！」

何をするんだ、という言葉は声にはならなかった。賢人の手の中にあったハンカチが呼吸器の中へと入り、強い眠気が襲ってくる。

抵抗しようにも、どんどん力が抜けていく。

「おやすみ、日向」

最後に楽しそうな賢人の声が聞こえ、そこで日向の意識は途切れた。

＊＊＊

ふわふわとした浮遊感のようなものを、日向はずっと感じていた。

まるで夢の中にいるような、実体のない、そんな感覚だった。

夢の中、そう思ったとき、強い焦燥感にかられた。ダメだ、早く起きなければ。

そう思いながら無理やり意識を覚醒《かくせい》していく。

「ん……？」

意識はまだ朦朧としていたが、なんとか瞳を開く。

ここ……、どこ……？

どうやら、自分は寝台の上に横たわっているようだと、弾力のあるマットレスの感覚から気づく。

ゆっくりと視線を動かせば、見覚えのない部屋の景色が見える。

モノトーンでまとめられた、まるでドラマや映画の中に出てくるような広い部屋だ。

「気付いた？　日向？」

日向の視界の中に、よく見知った賢人の顔が入ってくる。

どうやら寝台の端に座り、本を読んでいたようだ。

「賢人……？　なんで僕、ここに……」

ゆっくりと、記憶の糸を手繰っていく。公園から帰った後、賢人からの着信があり、もう一度話をしに外へと向かったはずだ。そして。

「どうして、こんなことを……!?」

自分が賢人によって眠らされ、ここに連れてこられたのだとわかると、ぼんやりとしていた意識がすぐに鮮明になった。

起き上がり、詰め寄ろうとするのだが、何故だか身体が動かない。

「え……？」

「身体中が痺れて動かないだろ？　無理に動かさない方がいいぞ、かえって筋肉を傷めるから」

いつも通りの爽やかな笑顔でさらりと口にした賢人の言葉に、日向の表情がひきつる。

どうしてこんな状況になっているのか、日向にはさっぱりわからなかった。

「冗談だろ？　どうしてこんなことを……？　僕、そこまで賢人の事を怒らせるようなことした？」

「まあ、確かにそれは否定できないな」

賢人は横たわったままの日向の方へと身体を近づけ、そしてその顔を覗き込むと、ゆっくりと日向の髪を撫でた。

「だって、許せないだろ？　日向の事をずっと想って見守り続けたのは俺なのに、他の男を選ぶなんて」

そう言った賢人の瞳は冷たく、日向の背筋がひやりとした感覚をおぼえる。

「ど、どういう意味……？」

他の男、周防の事を言っているのだろうか。日向の問いに、賢人は愉快そうに笑った。

「ここまで言ってまだわかんねーのかよ。本当、純粋というか脳みそお花畑っつーか……」

言いながら、賢人が日向の身体へと覆いかぶさり、その耳元へと口を近づける。

「悪いけど、俺はお前の事を親友だとか思った事、一度もないから」

その言葉に、日向の瞳がこれ以上ないほど見開かれる。そして、驚く日向の唇を強引に賢人がその唇で塞ぐ。

「ん……!」

突然の行動に戸惑い、顔を背けようとするが、賢人の手がそれを許さない。

舌が自身の口の中へと挿れられたのに気付き、せめてもの抵抗に、思いっきりかみつく。

「っ痛……」

さすがに痛かったのか、慌てて賢人が口を離した。

「ご、ごめん」

仕方がなかったとはいえ、反射的に謝れば。

「完全に反応がなくなったら面白くないから感覚だけは残したんだけど、やっぱ大人しくはしてくれねーよな」

怒りを帯びた表情の賢人はサイドテーブルの上から錠剤のようなものを取り出し、そしてそれを自身の口に含むと、もう一度日向に口づける。

「…………！」

賢人の舌が日向の口腔内へと錠剤をねじ込み、無理やり飲み込ませる。

先ほどと同じように賢人の舌を噛もうとすれば、その前に唇を離された。

「同じ手に二度も引っかかるわけないだろ」

馬鹿にしたように言った賢人を、思い切り睨みつける。

けれど、そこでぞくりと、身体が震えるような、妙な感覚に気づいた。

寒さのせいかと一瞬思ったが、部屋の空調は整えられており、これが寒さからくるものではないことに気づく。

むしろ、体温はどんどん上がっていき、息苦しささえ感じてきた。

これ……、一体何の……？

おそらく、あの時賢人が飲ませた錠剤の影響だろう。

短く息を吐きながら、賢人の方へと視線を向ける。

「すげー色っぽいため息。さっすが即効性なだけのことはあるな」

「は……？」

「安心しろよ、後遺症も依存症も残らない、合法なやつだから。ただ、気持ちよくて何にも考えられなくなるだけ」

そう言って微笑む賢人を、愕然とした表情で日向は見つめる。中学時代から十年近く一緒にいたはずの親友が、全く別の人間に見えた。


……身体が、熱い。

短い息を吐く日向の身体を、嬉しそうに賢人が触れていく。

嫌悪を感じているはずなのに、敏感になっている身体は、どこを触られてもビクビクと反応してしまう。

「ここまで反応するって、元々感じやすいんだろうな」

するりとシャツの中に手を入れられ、生身の肌が空気に触れる。

「や……！」

やめて欲しい、という言葉さえ声にならない。嫌なのに、熱くなっている身体に賢人の冷えた手が心地よいとさえ思ってしまう。

息はどんどん上がっていき、何も考えられない。

強い射精感から、自身の性器へと手を伸ばそうとするが、身体の自由がきかない。

それを知っているのだろう、賢人は先ほどから何度も勃《た》ち上がっている日向の性器に楽し気に触れてくる。

心では嫌だと思っていても、身体は悦びを感じてしまう。賢人の唇が首筋をちろりと舐めあげ、身体が震えた。

だんだんと意識も朦朧としてきて、気を抜くとあられもない声をあげてしまいそうだった。

それだけは避けたいが、既に我慢できそうにない。

目には涙が浮かび、なんとか身体を動かそうとするが、全く自由がきかない。

嫌だ、嫌だ。誰か、助けて……！

浮かんだのは、周防の顔だった。飄々とした態度で、日向が困っているときにはいつも手を差し伸べてくれた。

「泣いてんの？　でも、やめないから」

そう言うと、賢人は日向のネルシャツのボタンに手をかける。

一つ目、二つ目と外され、日向がギュッと目をつぶった、その時だった。

インターフォンが連打され、同時にけたたましく玄関ドアを叩く音が聞こえてくる。

「なんだよ」

舌打ちした賢人が、ドアモニターらしきものを見に立ち上がる。

この隙に起き上がろうと思い手を動かそうとするが、指がシーツの上をすべるだけで、身体に力が入らない。

無理に身体を動かしたためか、抑えていた身体の内にある快感がますます広がっていく。

な、なにこれ……！

「荷物？　なんか頼んだかな？」

賢人はモニターの相手と何かしら話をすると、不機嫌な表情でドアを開け、玄関へと向かっていく。

ドアの向こうから、激しい罵《のの》りあいが聞こえてきたのは、それからすぐのことだった。

「は!?　勝手に入ってくるんじゃねーよ！　知らねえって言ってんだろ！」

「その靴は日向のものだろう、ここにいることはわかってるんだ」

「るせ、お前には関係ねーだろ！」

意識がはっきりしないため、何を言っているのかまではわからなかった。けれどしばらくするとドアが開き、長身の男性が部屋の中へと入ってきた。

「ほ、まれさん……？」

ぼんやりとした視界の中、日向がよく知る人物の姿が見えた。

「日向……！」

動揺した周防が、日向の傍へと近づいてくる。

「すみませ……動けなくて……」

「わかった、大丈夫だ」

それだけ言うと周防は、スーツの上からでもわかるその逞しい腕で日向の身体を優しく抱き上げた。

「……！」

日向に負担をかけぬように横抱きにしてくれたのだろうが、周防の体に触れただけで、身体が震える。

「は……」

吐息が漏れたことで、日向の様子がおかしいことに気づいたのだろう。

「日向……？」

まじまじと腕の中の日向を見つめると、周防は眉間に深い縦皺を刻み、歩みを早めた。

意識が朦朧とする中、玄関前の廊下にうずくまっている賢人の姿が見えた。

「……悪い、少し待っていてくれ」

周防はそう呟くと、優しく日向の身体をその場におろした。

「何を飲ませた？」

周防の問いに賢人はぼそりと呟いたが、日向には聞き取ることが出来なかった。

「ああ、最近流行ってるやつか。後遺症はないって話だが、ガキの扱っていい代物《しろもの》じゃないな」

「社会のクズが……！」

既にぐったりとしていながらも、なおも賢人は周防を睨みつけてそうつぶやいた。

「……薬を飲ませて強姦《ごうかん》しようとしたお前のがよっぽど屑だろ」

そう言うと、周防は賢人を強く蹴り飛ばし、日向の元へと戻って来ると、丁寧に、壊れ物のようにその身体を抱き上げる。

そして賢人の姿を日向の視界には入れないようにし、そのまま玄関の扉を開ける。

「ご苦労だったな」

外で待機していた青年に声をかければ、宅配便の配達員らしき制服を着たその青年は無言でうなずいた。

エレベーターに乗り込んだ時、自分は助かったのだとわかり、ようやく日向は安心することが出来た。

7

いつのまにか、眠ってしまっていたのだろう。

ひんやりとした手が額に当たるのが心地良い。ゆっくりと瞳を開けば、目の前には周防の顔があった。

心配そうに自分を見つめる周防の瞳は穏やかではあるが、どこか苦しそうにも見えた。

「気が付いたか？」

「は、はい」

意識をはっきりさせようと、目を何度か瞬かせて周囲を見渡す。

まだ外は暗いようで、カーテンの隙間から、頼りない光が広いフローリングの部屋を照らし出している。

「あの、ここは……？」

「俺の家だ。家といっても、最近は仮眠をとりに戻るくらいなんだが」

そういえば、周防は尊を引き取る以前は本家ではなく、外のマンションに住んでいたはずだ。

この状態で家に帰るわけにはいかないため、おそらく気を使ってくれたのだろう。

「すみません、ご迷惑おかけしてしまって……」

「別に迷惑だなんて思ってない。それより、動けるか？」

「あ、はい……」

そういえば身体の痺《しび》れがだいぶなくなったような気がする。ゆっくりと手を動かせば、だいぶ楽に動くようになった。

「大丈……」

起き上がり、大丈夫だとそう口にしようとした瞬間、先ほどまでの感覚が早急に戻り、思わず口を押える。

収まったかのように思っていた下半身の熱だったが、意識が戻ったことにより、身体が熱を取り戻したのだろう。

「あのクソガキ……」

吐き捨てるように周防が言った。

日向の様子から、まだ薬の症状が出ていることに気づいたのだろう。

そういった薬には全く詳しくない日向だったが、周防と賢人の会話を聞いている限り、危険なものではないことがわかる。

「あ、あの周防さん」

息を整えながら、日向が名前を呼べば、周防は視線だけ日向へ向けた。

「ほ、本当に申し訳ないのですが、少しの間、一人にしていただけますか？」

人の家に来て、一体何を言っているのだということは日向も思っていた。

実際、周防も訝し気にその形の良い眉を上げる。

「なんで」

「み、みっともない姿を、見せてしまうと思うので……」

視線を逸らしながら、日向が言う。はっきりいって、すぐにでも自身の熱を収めたくてたまらなかった。

下腹部にたまった熱は限界を迎えており、それこそ今すぐにでも触れたくてたまらないのだ。

息を吐きながら、震える身体を自身の腕で抱きとめる。

周防はそんな日向を静かに見つめ、そして迷いを振り払うかのように首を振った。

「みっともなくなんてない、辛いんだろう？　そんなお前を、放っておけるわけがない」

「ですが……」

周防の優しさは知っているが、だからといってこんな姿を見て欲しくない。

そう言った意味を込めて、請うような瞳を見つめれば、周防の顔がゆっくりと日向へと近づく。

え……？

キスをされている、そう気づいた時には、横たわった日向の身体は優しく周防の腕に包み込まれていた。

賢人の時に感じたような嫌悪感はない。あるのは戸惑いと、驚きだった。

「は……」

周防の舌は優しく日向の口腔《こうこう》内へと入り、丁寧に動いていく。

そして日向の舌を見つけると、その舌で誘うように絡ませていく。

気持ち、いい……。

身体が敏感になっているのもあるのだろう、けれど、周防の舌の動きはとても気持ちがよく、日向は必死にその舌に自身の舌を絡ませた。

唾液の音がよく聞こえ、ようやく口づけから解放されたときには、物足りなさすら感じてしまった。それくらい、気持ちが良かった。

「あ……」

「日向、よく聞け」

周防が、日向の瞳をじっと見つめて、言い聞かせるように言った。

「お前が飲まされた薬は向精神薬の一種で、違法ではないとはいえ一般的に流通してはいない。所謂セックスをする際の感度を高めるためのもので、一部の人間に広まっている。時間が経てば効果はなくなるとはいえ、その間はとにかく性的興奮が高まって仕方がなくなる」

なるほど、自身の症状はそのためか、とぼんやりとしながらも日向は納得する。

「これからすることは、俺が自分の意思で勝手にすることだ。後でいくらでも罵倒《ばとう》してくれてもいい。だから、お前の身体のことは俺に任せてくれ」

どういう、意味だろう……？

そう思い、口を開こうとしたとき、再び周防が日向の唇を口づけによって塞いだ。

早急な動作に驚いていると、周防の手が日向の服の裾から中へと入ってくる。

その触り方に、ようやく日向は周防が何をしようとしているのか理解する。

「ほ、誉さん！　ひゃっ……あっ……」

唇が離された瞬間、ダメですそう言おうとしたのに、身体は正直なもので、周防の手に触れられることを望み、悦んでいる。どこを触られても気持ちよくてたまらない。しかも。

どうして……俺、嫌だって思わないんだろう。

首筋に口づけられ、鎖骨を丁寧に嘗めとられた。

「はっ……あっ……………！」

びくびくと身体は反応し、声を抑えることが出来ない。

抵抗しようにも、あまりにも気持ちが良くて、周防に触れられるのが嬉しくてたまらない。

周防は器用に日向の服を脱がしていき、既に上着もパンツも服の役割をしていなかった。唇、耳朶《みみたぶ》、首筋、周防が丁寧に口づけを落としていく。それにより、日向の興奮はますます高まっていく。

おりてきた周防の唇に胸の尖りを吸われた時、身体が大きくはねた。

そんな日向の様子に気付いたのだろう、片方の尖りを指の腹で摘まれ、もう片方は嘗めとられていく。

「あっ……！　ひっ…………！」

むず痒《がゆ》いような感覚に、元々反応していた下腹部の熱はどんどん溜まっていく。

周防の大きな手が日向の性器を包み込み、前後に動かしていく。

「はっ…………………！」

性に対しては淡白な方ではあるが、日向にだって自慰の経験くらいはある。

けれど、これまで経験したどんな自慰よりも周防の手の動きは巧《たく》みで、気持ちが良かった。

「やっ……あっ………あっ」

射精したくて、たまらない。もっと強く握って、はやく動かして欲しい。

「一度、出しておいた方が良さそうだな」

独り言のように周防は呟くと、手の動きが早くなる。

「あっ……！　あっ……あっっ………！」

頭の中が、真っ白になる。出したい、出したい、そう思ったとき、自身のそこが白濁を吐き出したのを理解した。

「す、すみませ……」

短く息を吐きながら、周防の手に自身のものがついていると気が付き、慌てて謝罪をする。

「気にするな」

ようやくこれで終わったのだと、安堵の気持ちを持つが、残念ながらそうではなかった。

「え……？」

一度吐き出したはずの自身の性器が、再び反応し始めていることに日向は気付く。

「ど、どうして……」

「まあ、一度や二度じゃ収まらないだろうな」

周防はわかっていたのだろう、特に驚きもせずにそう言うと、日向の太腿を掴んで大きく広げた。

「え……？」

日頃他人に触れられることのない場所がさらされてしまうことに、日向の頬が熱くなる。

さらに周防は、濡れたその指を、秘穴《ひけつ》へとつぷりと差し込んだ。

「ひっ……！」

異物感に、最初こそ抵抗があったが、けれど深く入っていくにつれ、それがなくなる。

「大丈夫だ、ちゃんと解《ほぐ》してやる」

独り言のように呟くと、周防がゆっくりとその中をかき回していく。

「あっ……やっ……！」

なんで、こんな場所を触られているのにこんなに身体が反応してしまうのだろう。

朦朧《もうろう》とした意識の中、自分の声とは思わない高い声が口から出ていく。

しかも、周防の指は二本、三本と増やされ、隘路が少しずつ拡がっていくのがわかる。あらかじめ用意していたのか、ローションを増やされ、水音がますます大きくなる。緩慢な動作がもどかしく、自然と腰が動いてしまう。さらに、とある場所に周防の指が触れた時、身体に電流がはしったような感覚をおぼえた。

「はっ…………！」

「前立腺《ぜんりつせん》だ、お前の一番気持ちの良い場所でもある」

「ふっ……うっ……」

確かに、そこを触ったことにより日向の性器は勃ち上がり、先端からは蜜が零れている。周防がそこを優しく撫で、そして体内にあった指をゆっくりと抜いていく。

「赤い、きれいな色だな」

どこの色のことを言っているかは明らかで、日向は恥ずかしさに小さく頭をふる。

けれどそれより、なくなってしまった指がひどく寂しかった。

もっと中をかき回して欲しい。

「ほ、誉さん……」

自然と、腰が揺れてしまう。信じられないのだが、後孔内をかきまわして欲しくて、たまらなかった。

請《こ》うように周防の顔を見上げれば、そこには確かな情欲が秘められた瞳があった。

もしかして……誉さんも、興奮、してる……？

そう思っているうちに、日向の両足が、周防の腕により抱えられる。

え…………？

ぺりっと何かが開けられるような音が聞こえ、音の方をぼんやりと見れば、それが避妊具であることがわかる。

「悪い日向、俺ももう限界なんだ」

いつの間にか、周防の上半身は裸になっており、下の着衣もずらされていた。

既に固くなった周防の屹立《きつりつ》が、日向の後孔に押し当てられる。

「怪我をさせたくない、身体の力を抜け」

「ま………！」

待って、という言葉は声にならず、ずぶりと周防の剛直が日向の中へと挿入されていく。

「あっ…………！」

指で解されていたため、痛みは感じない。それでも、これまで感じたことのない異物感はあった。

けれどそれは最初だけで、少しずつ日向の粘膜は周防を受け入れていく。

「ふっ……うっ……！」

日向の身体の中に、周防の熱が入ってくる。大きなそれに、狭い部分が拡げられていくのがわかる。

ようやく全ておさまると、周防は日向の様子を注意深く見ながら、前後に腰を動かしていく。

「あっ………」

指よりも長く、太いそれにより、日向の胎の中がいっぱいになる。

「ひゃっ……あっ……」

少しずつ速くなっていく腰の動きに日向は無意識に周防の逞しい肩を掴んでいた。

周防はそれに気をよくしたのか、動きをどんどん速めていく。

日向の目の前で、厚い胸元が揺れる。日向もひ弱というわけではないが、周防とは比べ物にならないだろう。

肌と肌のぶつかる感触が、気持ちが良い。

「あっ……はっ……ああっ……！」

自身の口から出る嬌声《きょうせい》を恥ずかしいと思う感覚すら、すでになくなっていた。

もっと奥まで、深いところまで突いて欲しい。周防の動きに合わせて、自分の腰が自然

と揺れていく。

「ん…………！」

途中で周防が再び日向の唇を自身の唇で塞ぎ、互いの舌を絡ませる。

周防の舌の感触も、そして自身を貫く周防自身も、その何もかもが気持ちよくてたまらない。永遠に、ずっとこうしていたい、そう思えるほどの快感だった。

「はっ……あっ……あっ……！」

唇を離され、耐えられず、高い嬌声が口から洩れる。自分の口からこんなに高い声が出るなんて知らなかった。

周防の腰の動きが、ますます速くなっていく。

「誉さん……もっと……」

朦朧とした意識の中、思わずそんなことを呟いてしまう。そうすると、日向の中にある周防のものが、さらに大きくなった。

「……出すぞ」

耳元で、周防がぼそりと呟く。日向の身体を強く抱き、周防の動きが止まる。

直接触れておらずとも、周防の熱いものが自身の胎内《たいない》に注がれていくのを日向は感じていた。

そして、自分自身の性器から出た白濁も、周防の身体を汚していることも。

す、すみません。

そう口にしようとしたが、日向も体力の限界だったのだろう。

瞼《しら》が重くなり、強い眠気がやってくる。

白みがかった意識の中、周防が自身の額に優しく口づける感触に気づいた。

＊＊＊

「それじゃあ二人とも、行ってらっしゃい。ヤス君もよろしくね」

笑顔で日向が玄関で三人を見送ると、尊は大きな声で「行ってきます」と言った。

坂口はペコリと頭を下げ、周防は反応こそしたものの、以前に比べ、どことなく素っ気ない様に感じるのは、おそらく気のせいではない。

日向はそう思いながらも表情には出さず、三人に手を振った。

き、気まずい……。

車が出て行ったのを確認すると、日向は大きくため息をついた。

数日前、事故のような出来事で、日向は周防と身体を重ねることになった。

翌日の周防は、これまで見たことがないほど狼狽しており、身体は大丈夫かとあちこち気を使ってくれた。

それがくすぐったくも嬉しくて、日向は自身がひどく幸せな気持ちになっていることに気づいた。

どうしてあの時、周防がタイミングよく日向を助けに来ることが出来たのか。

後で聞いた話では、いつまでたっても帰ってこない日向の事を心配する坂口に、尊が賢人の事を説明してくれたようだった。

背の高いお兄ちゃんが、ひなちゃん先生を連れて行こうとしてた。

それを聞いた坂口がすぐに周防に連絡し、あらかじめ日向のスマートフォンの中に入っていた追跡アプリで居場所を突き止めたのだ。

日頃そういった姿は滅多に見せないとはいえ、花屋敷組は極道一家で、そこで働いてる人間にはやはり危険が伴う。そのため、もしもの場合を考えて他の組員にも追跡アプリはインストールされているという話だった。

勝手にアプリを入れていたこと、追跡アプリといっても、滅多な事では日向の行動を監視はしていなかったことを含め周防には謝罪されたが、日向にしてみればそれによって助かったようなものなのだし、特に怒りは感じなかった。

賢人から何かしら報復《ほうふく》はないだろうかと日向は恐れていたのだが、その心配はないと周防に説明された。

あの時賢人が日向に使った合法ドラッグはかなり特殊なもので、普通の大学生が持っている代物ではないという話だった。

つまり、賢人自身がそういった柄の悪い人間と付き合いがあるということで、もし警察に訴えでもしたらそういった自身の行《おこな》いが全て公《おおやけ》になる可能性が高い。

法曹一家の御曹司《おんぞうし》でT大卒の弁護士志望、そんな賢人が自身の経歴に傷がつくようなことをするはずがない、と周防は淡々と口にした。かなり痛めつけられているようにも見えたが、周防に言わせてみれば「殺されなかっただけマシ」だそうで、苛立ちを含んだその表情を見ると冗談に感じなかった。

『ああいった姿は、あまりお前には見せたくなかったんだけどな』

そして周防は、寝台に横たわる日向に対し、少しだけ寂しそうにそう言った。

確かに、周防は暴力にとても慣れているように思ったし、周防が生きてきたのはそういった世界なのだろう。

ただ、日向はそれを恐ろしいとは全く思わなかった。むしろ、親友だと思っていた、尊敬もしていた賢人の裏の姿の方が、よっぽどショックだった。自分は、今まで賢人の何を見てきたのだろうと。

十年来の友人がいなくなってしまったことへの喪失感が、ないわけでは勿論ない。

周防からは消すように言われたが、最後に何かメッセージを送るべきではと逡巡した。

そして迷った末、別れの挨拶とこれまでの礼を最後に、アドレス帳から賢人の名前は消し、メッセージアプリはブロックをした。

経緯を説明すれば、周防からは甘いと言われたが、賢人はどう思っていたのかはわからないが、学生時代の日向にとって賢人は親友で、その存在に助けられてきたという過去は変わらない。

最初はやはり胸が鉛《なまり》のように重くなったが、時間と共にそれもなくなっていくだろう。

それよりも、今は周防だ。

あの一件があった後、周防は明らかに日向のことを避けているように思う。

勿論、あかさまに冷たくしたり、態度を変えるようなことはないが、これまでとはやはり違っていた。

作った食事も全て食べてくれるし、尊に関して思ったことを伝えれば、考慮もしてくれる。会話だって全くないわけではないし、労《ねぎら》いの言葉だってかけてはくれる。

ただ、今までの態度とは明らかに違うのだ。

例えば、最近は毎日ではないものの、日向は尊と周防と一緒に部屋で寝ていたのだが、それもやんわりと断られた。

春には四歳になるとはいえ、尊の年齢ならまだ添い寝が許される時期だと日向は思うのだが、両親がいないからこそ、尊を過剰に甘やかすわけにはいかない。また精神が不安定になったら頼むこともあるが、基本的には一人で寝させるようにしたい。

そうまで言われてしまうと、それ以上は日向は何も言い返すことが出来なかった。

自分はあくまで尊のベビーシッターであり、家族ではないのだから。

それでもそれがわかっていても、時折考えてしまう。

やっぱり、気持ち悪かったのかな……。

あの夜の事が原因で、自分は周防に避けられているのではないかと。

そうだよね、周防さん、ゲイじゃなさそうだし。

わかってはいるものの、やはり気持ちが沈んだ。

クリスマスに尊成が予約をしていたレストランは、有名ホテルの個室だった。

個室と言っても所謂特別室で、広さもそれなりにあり、大きな窓からは都内の夜景が一望出来た。

「うわああ……！　すっごくきれい！」

暗闇の中、宝石を散りばめたようなその光景に、尊が感嘆の声を上げる。

「あっちがお家で、あれが東京タワー。もっと遠くに見えるのは、スカイツリーだね」

日向が横で指をさして教えれば、尊は頷きながら、嬉しそうに日向の方を見つめる。

今日の夕食会に日向が来ていることがよほど嬉しかったのか、車の中でも尊はずっとソワソワしていた。

「ひなちゃん先生」

「何？」

尊の目線に合わせて、日向が屈めば。

「今日、いつもとちょっと違うね。かっこいい」

そして、恥ずかしそうに言った。

いつもはオーバーオールやシャツにジーンズという服装の日向だが、今日はフォーマルな恰好をしていた。

周防から尊の服と一緒に買ってくるように言われたときのもので、カジュアルではあるが一応スーツだ。

チェック柄という、かなり着る人間を選ぶスーツなのだが、店員の女性からはなかなか着こなせる人間はいないと褒められた。

実は、そういったこともあって割引されていたのも購入理由の一つだったのだが、尊の感想は素直に嬉しかった。

「ありがとう、尊君」

「確かに、よく似合ってる」

すると、ちょうどすぐ近くで会話を聞いていたらしい周防が日向を見てそう言った。

「あ、ありがとうございます……」

周防の言葉に他意はないことはわかっている。ただ似合っていると感想を述べただけだろう。

ただ、そんなさり気ない言葉にも、日向の胸の鼓動は早くなる。

ここ最近の周防は、日向に対して明らかに距離を置いていることはわかっていたため、正直今回の夕食会への参加も億劫だった。

食道楽な尊成は、これまでも時折こうして周防と尊を食事に連れていくことがあったが、ベビーシッターが呼ばれたことは一度もなかったという。

坂口からは、やっぱり日向は特別なのだと感心されたが、それはおそらく尊成が日向のことを気に入ってくれているからだろう。それこそ、世間一般のベビーシッター以上の、家族も同然だという扱いを尊成からは受けていた。

おそらく尊成は日向の両親のことを知っているため、どこか責任感のようなものがあるのかもしれない。

あくまで自分はベビーシッターなのだから、それを勘違いしてはいけない。おそらく、周防もそう思ったからこそのここ最近の態度なのだろう。

ただ、それがわかっていても、これまでよりも明らかに感じる距離に、日向の胸は痛んだ。

「尊に日向、そろそろ席についてくれ」

「あ、はい。尊君、行こう」

尊成に呼ばれ、窓の外を見つめていた尊へと声をかける。

「うん！」

せっかくの夕食会なんだから、くよくよしちゃダメだよね……！

そう思い、日向は尊の隣へと座った。広いテーブルの中央には尊成が座り、片側に周防が、そしてその向かいに尊と日向が座った。

日向の目の前には席があったが、勿論誰も座っていない。

「先に始めてもよろしいでしょうか？」

支配人らしき男性が尊成へと声をかける。

「いや、後少しで着くそうだ。もう少し待ってくれ」

「かしこまりました」

そして、男性がもう一度下がりかけた時、個室のドアがゆっくりと開かれた。

少し冷たい空気がそれにより個室内に入り、皆の視線がドアへと向かう。

「遅れてごめんなさい……！」

中に入ってきたのは、柔らかいウェーブがかかった髪のきれいな女性だった。

年の頃は、周防よりも少し若いくらいだろうか。顔立ちは整っているが、年相応の落ち着きが見えた。

誰……？

女性が来ることは、事前に何も知らされていなかったが、尊成はあらかじめ知っていたのだろう。

尊の様子を見れば、ぽかんとした顔で女性を見上げている。

「随分時間がかかったな」

「さすがクリスマスですね、都内は大渋滞でした」

尊成に話しかけられた女性は、困ったような笑いを浮かべた。

「久しぶりね、誉」

女性は、親し気に周防を呼んだ。

「恵里香？　帰国してたのか……？」

「昨日の便で、帰ってきたところ。まだ少し時差ぼけがあって、運転するのにヒヤヒヤしたのよ。尊～！　大きくなったわね～！」

恵里香と呼ばれた女性は周防の隣に座ると、斜め前に座っている尊ににっこりと微笑みかけた。

「覚えてない？　おばちゃんよ？」

それに対し、最初こそ、驚いたように女性を見つめていた尊だが、不安を感じたのか、隣にいる日向の手をギュッと握る。

恵里香が席に着いたことを確認すると、尊成は先ほどの男性に料理を運ぶように言った。

いまいち事態を飲み込めていない日向がぽかんと恵里香を見つめていれば、その視線に気づいたのだろう。

日向の目の前に座っている恵里香は、蠱惑的な笑みを向けた。

「初めまして、七瀬恵里香です。尊の母の妹なの。学生時代から誉とは友人で、姉を勇心《ゆうしん》さんに紹介したのも私なのよ」

「は、初めまして……花村日向です」

勇心というのは周防の弟で、尊の父親の名前だ。なるほど、つまり彼女は尊の叔母に当たるということか。そういえば、写真で見た尊の母親に、どことなく似ているような気もする。

「尊成さんからお話は聞いてる。料理がプロ並みに上手い、尊のベビーシッターさんでしょ？　今度私にもコツを教えて」

「は、はあ……」

恵里香は日向の事は既に聞いていたようで、感じの良い笑顔を向けてくれる。

帰国した、と言っていたがずっと海外にいたのだろうか。

「白々《しらじら》しい、米一つ炊いたことがないやつが何を言ってるんだ」

「仕方ないでしょ、仕事が忙しくて、それどころじゃなかったんだから。でも、日本に帰ってきたら少し余裕が出来るし、料理も覚えたいと思ってるのよ」

学生時代からの付き合いだという事は、それこそ十年以上の付き合いなのだろう。

会話や互いへの接し方からも、二人が気心が知れているであろうことがわかる。

「日本に帰ってきたらって、こっちで仕事をするのか？」

「ちょっと、聞いてないの？　女性向けの新規事業を始めるから、よかったら経営に携わらないかって尊成さんが言ってくれたのに」

「そうなのか？　親父」

「ああ、お前がなかなか最適な人間がいないって言ってただろ？　恵里香ちゃんなら、経営のノウハウをわかってるだろ？　えーっとなんだっけな、ＮＢＡとかいうの取ってんだろ？」

「……それはアメリカのバスケのプロリーグだろ。ＭＢＡ持ってるからって言っても、優秀なコンサルとは限らないからな？」

「失礼ね。私がどれだけの会社の建て直しに関わってきたと思ってるの？」

わざとらしく恵里香が顔を顰《しか》めれば、誉が愉快そうに笑う。仲の良い二人の様子に、日向の胸がズキリと痛む。

そんな風に話していれば、最初のコース料理が届く。

本来は和食を好む尊成だが、このレストランのフランス料理は絶品なのだと日向にも教えてくれた。

実際、オードブルの盛り付けはとてもきれいだったし、味も良かった。

尊には子供用のメニューが用意されていたが、大人のものを少しアレンジして、食べやすいサイズにしてあるようだった。

尊成が絶賛するだけのことはあり、味はとても良かった。けれど、どこか食べることに集中できない。

「……ひなちゃん先生？」

すぐ横にいた尊が声をかけてきた。

「なあに？　尊君」

「……元気、ない？」

こっそりと日向にだけ聞こえるような声で、尊が心配そうに言った。

その言葉に、日向はハッとする。自分はベビーシッターとしてこの場にいるのだ。私情を持ち込むなんてもってのほかだ。

「ううん、そんなことないよ。お料理、とっても美味しいね」

「……うん！」

笑顔でそう言えば、尊も嬉しそうに大きくうなずいた。

そしてそんな二人の様子を、周防がじっと見つめていたことに、日向は気付かなかった。

8

「いやあ、噂には聞いてたけど、すっげえきれいだよな恵里香さん。なんかいい匂いがしたし」

「若頭の元カノなんだろ？　いいよな～うらやまし～」

偶々廊下を通りかかった時、聞こえてきた若い衆の会話に、日向は思わず足を止める。けれど、日向は足を止めたものの、彼らはこちらに向かってくるため、自然と顔を合わせることになってしまう。そして日向の顔を見た途端、二人はすぐに決まりが悪そうな顔をした。

「おはようございます」

何も知らぬふりをして頭を下げれば、慌てたように二人も頭を下げてきた。

「あ、日向さん、おはようございます」

「いつもヤスがお世話になってます」

日向の反応に、ホッとしたような顔をして二人は離れの方へと向かっていく。

良かった、聞かれていなかった。彼らがそんな風に思っていることはその表情を見れば明らかで、それを感じた日向の気持ちはますます重くなる。

基本的に、組員である彼らと日向との間にそれほど接点があるわけではないが、それでもすれ違えば挨拶や、ちょっとした世間話はすることもある。

それは、時折差し入れをする食事やおやつの礼を言われたり、日向の方も、尊と遊んでくれた組員への礼を言ったりなのだが。坂口が日向の事をよく言ってくれているのもあるのだろう、概《おおむ》ね彼らの態度は好意的なものだ。

ただ、最近は様子が少しばかり違ってきている。無視をされたり、攻撃的だったりといった態度をとられることはない。

むしろ、顔色を伺うような、腫物でも扱うような態度をとられてしまっている。

原因はわかっている、おそらく、先月帰国して、この屋敷に顔を出すようになった恵里香の影響だろう。

日向は出ていないため知らないのだが、坂口の話では、恵里香は新年早々に行われた花屋敷組幹部の集まりで、大々的に尊成によって紹介されたそうだ。

艶《あで》やかな着物姿で周防の横に立つ恵里香の姿は美しく、組内の人間の評判もすこぶる良かったらしい。

手伝うのはあくまで周防が行っている事業の一つ、それも表の仕事であるという話だったが、後々は恵里香が周防の妻の座に収まるのではないか、と考える人間も少なくない様だった。

みんな未来の姐《あね》さんの手前、僕への接し方に困ってるんだろうけど……いや、だけどその考えおかしくない？

そもそも、組員たちは勘違いしている。日向は尊のベビーシッターであり、尊成の食事係として雇われているわけで、周防と個人的な関係があるわけではない。

周防が恵里香と結婚しようと、日向には全く関係のない話だ。

代々続く極道一家の若頭なのだ、跡目の事を考えても結婚の話が出ない方がおかしいだろう。

だけど、それがわかっていてもなお、日向の心はもやもやと、スッキリしなかった。

恵里香とはあの後も何度か話す機会はあったが、日向に対しても優しく、尊に関する相談をその都度受けた。

話を聞けば、姉である尊の母の告別式にこそ来られたものの仕事が忙しく、叔母であるというのに尊の傍にいられなかったことを後悔しているようだった。

実際、恵里香と尊の間には傍目に見ても距離があるように感じる。尊も、突然現れた母の面影のある叔母に戸惑っているのだろう。

だからこそ、これからは出来るだけ尊の傍にいたいのだと、そう恵里香は言っていた。

そして、そう言った恵里香の表情からは、周防目当てで尊に近づいてきた女性とは違う、尊への愛情が感じられた。

恵里香の存在は、尊にとってもそして周防にとっても良い影響を与えている。

周防は仕事においても恵里香をとても頼りにしているようで、以前に比べて帰宅する時間も早くなった。

その分、日向も自分の部屋に戻る時間が早くなり、以前よりも勉強の時間も多く取れるようになった。

休日も、恵里香を伴って周防と尊はよく出かけているため、好きなように使えるようになった。これまで通常のベビーシッター以上の仕事をしていたことは自覚があり、それが本来の仕事に戻ったのだ。

喜びこそすれ、それを残念に思う方が間違っている。だけど、言いようのない寂しさを感じていることも確かだった。

「あ、お帰り。外、寒くなかった?」

尊を送り出した坂口が、台所へと戻ってくる。

今日の朝は洋食で、お皿もワンプレートで済んだこともあり、洗い物も少なかった。下洗いをすませた皿は、すでに食洗器がぐるぐると泡をたてて洗ってくれている。

「寒かったですよ〜、午後からは雪、降るって話だし」

二月に入ってから、都内の気温はぐんと下がり、外に出るのも少々勇気がいる。

あまりに寒いため、スーパーまでは歩いて十五分もかからないのだが、買い物に行こうとすると若い衆が車を出そうかと提案してくれるくらいだ。

そういった申し出はありがたいが、日向は全て断るようにしていた。

買い物の時間は一人になれる時間でもあり、今の日向には時にそういった時間が必要でもあったからだ。

「じゃあ、買い物は午前中のうちに行っておいた方がいいかな」

昼に尊成に作る料理は既に考えているが、夜はどうしようかと先ほどまで考えていたのだ。けれど、日向がそう言えば何故か坂口はバツの悪いような顔をした。

「あ、それが日向さん……さっき周防さんに言われたんですけど、今日の夜は尊ぼっちゃんも一緒に外で済ませてくるそうです」

坂口の言葉に、ほんの一瞬反応が遅れてしまった。

「そ、そうなんだ。じゃあ、尊成さんの分だけでいいんだね。手間もかけられるし、お造《つく》りとかいいかも」

笑って日向は言ったつもりだったのだが、坂口の表情は苦いままだ。

「あ、その……日向さん」

「何？」

「無理、しなくていいよ。周防さんのことは俺尊敬してますけど、なんかさすがに最近の態度は見ててもやっとするっていうか……。元恋人だかなんだか知らないけど、ちょっとあんまりだと思ってるから」

そうか、日向自身気のせいなのではないかとどこかで思っていたが、周りの目にも周防の日向への態度はそんな風にうつっているのか。そう考えると、改めて気持ちが落ち込んだ。

「そんなことないよ。ちゃんと尊君の事に関しても話は聞いてくれてるし、無視されてるわけじゃないんだから」

口ではそう言うものの、以前に比べて日向が話しかけても反応は芳しくなく、それこそ仕事以外の話は出来ない雰囲気になってしまっている。

だけど、周防に関して敬愛とも言える感情を持っている坂口の周防に対する印象が、自分のせいで悪くなってしまうのは申し訳がない。

「日向さん、優しすぎるよ。そもそも、保育園やめさせられたのだって周防さんにも責任はあるのに……。あ、いっそ仕事、やめちゃえば？　そうしたら、周防さんだって日向さんのありがたみがわかるし！」

「あはは、残念ながら、やめても他に雇ってくれるあてがないからね」

「そうかな？　日向さん何でもできるし、それこそプロの料理人だって目指せるんじゃない？」

「それを言うなら、ヤス君でしょ。最近、腕が上がったって尊成さんも褒めてたし」

元々、筋が良かったのだろう。坂口は調理に関する日向のアドバイスを素直に聞き入れ、めきめき上達していった。

それこそ、日向がいなくとも十分尊成の舌が満足出来る料理が作れるほどに。

「え？　そ、そうかな……？」

日向がそう言えば、坂口は照れたように笑った。

微笑ましくその様子を見つめながらも、ふと日向は思った。

ベビーシッターとしての仕事なら、恵里香がいれば問題ないし、料理だって坂口が十分に仕事をこなしてくれる。

……そう考えると、僕がいる意味って、あんまりないのかも……。

あまりこんな事は考えたくないが、周防も内心そう思っているから、態度が以前よりも素っ気なくなったのだろうか。

しかも、周防は日向の事情を知っている。仕事をやめさせることも出来ないため、周防自身日向の扱いに困っているのではないだろうか。

やめよう、こんな風に後ろ向きに考えるのは……。

ただ、それでも一度そういった思考に思いいたれば、どんどんマイナスな方向へと考えてしまう。

いっそ坂口が言うように仕事をやめられたらいいのだが、自身の生活の事を考えても簡単に決断するわけにはいかない。

それに、尊のことはやはり気になった。

恵里香にだいぶ慣れてきたとはいえ、やはり未だ緊張はとれていないように思う。

それだったら、もう少し自分が尊の傍にいた方がいいんじゃないだろうか。

まるで言い聞かせるようにそう思いながらも、日向は言いようのない寂しさを感じていた。

昼食の下準備をし、坂口と別れて自室へと戻る。以前はなかなか戻ることがなかったこの部屋も、最近では多くの時間を過ごしていた。

零れそうになるため息を堪えながら部屋の中に入れば、机の上に置きっぱなしになっていたスマートフォンが点滅していることに気づく。

この番号を知っている人間は少ないし、以前よくかかってきた賢人の番号は既に拒否設定にしているはずだ。

メール？　着信？　誰からだろう？

そう思いながら手に取って、着信履歴に表示されていた名前を見た日向は、驚きに目を瞠った。

＊　＊　＊

日向は、緊張した面持ちでカフェテリアの席に座っていた。

目の前に座る細身のスーツ姿の男性は、いかにも仕事が出来る風体をしており、動作の一つ一つがスマートだ。派手な美形ではないが、涼し気な顔立ちは整っている。

「急なお呼びたてをしてしまって申し訳ありません、日向さん」

「い、いえ……こちらこそ、わざわざ近くまで来ていただいて、ありがとうございます」

男性の名前は久永と言い、外資系の法律事務所に勤める弁護士だそうだ。

一昨日、日向のもとにかかってきた電話は以前日向が世話になった養護施設の施設長からだった。

既に還暦《かんれき》を迎え、退職してしまっているのだが、一応今でも日向の身元引受人ということになっている。

電話の内容は、亡くなった母親のことで、日向に会いたがっている人間がいるという話だった。なんでも母の父親、つまり日向の祖父にあたるのだが、その男性が亡くなったらしく、そのことで日向に伝えたいことがあるそうだ。

母は自分の両親の話はほとんどしなかったが、それでも時折生まれ育った英国の話は日向にもしてくれた。

帰りたがっているようには見えなかったが、テレビで英国のものが出てくるとどことなく嬉しそうだったことは覚えている。

絶縁状態になっているとはいえ母が死んだことは英国の親族にも伝えているはずだが、結局なんの音沙汰《おとさた》もなかった。

当時は自分自身の感情の折り合いをつけるのに精いっぱいで、そこまで気にする気持ちの余裕がなかったのだが、今にして思えば薄情だと思う。

だからこそ、今頃一体なんだろうという思いが日向の気持ちの中にはあった。

「今回私は、貴方の叔父にあたるイアン・マキューレスの代理人として参りました。マキューレス家については、何かご存じですか？」

「いえ……母の旧姓が、そういった名前だったとは思いますが……」

「英国では知る人ぞ知る名家です。過去には、爵位を持っていた時期もありますし、今では資産家で、手広く事業をやっています」

「そうなんですか」

日向は母の実家は裕福だったと聞いていたが、そこまでの家柄だとは知らなかった。そういった事情もあって、父との結婚が反対されたのだろう。

「驚かれないんですか？」

「え？」

「その……お母さまの実家が、潤沢《じゅんたく》な資産をお持ちであるという事に」

「はあ……ですが、僕には関係のない話ですので」

母の実家がどんなに裕福であったとしても母は縁を切っていたようだし、おそらく日向のことなど歯牙にもかけていないだろう。親族として認識されているかどうかもわからない。

　そもそも、母の親族自体遠い海の向こうの人々という認識で、自分に英国人の血が半分入っていたことさえほとんど意識したことがなかった。

　そんな日向の話を聞けば、久永は少しばかり驚いた顔をした後、穏やかに笑んだ。

「普通は、親族にそれだけ裕福な人間がいれば、目の色が変わるんですけどね。なるほど、佐々木《ささき》さんが言っていた通りの方のようだ」

　佐々木、というのは日向が世話になった施設長の名前だ。

「実はお母さまの父君、ウィリアム・マキューレス氏が先日他界《たかい》しました。長い間闘病していたため、ここ数年はほぼ寝たきり状態だったそうです。そしてウィリアム氏は貴方に対し、遺産を分与するようにとの遺言状を残されていました。お母さまに対する謝罪の言葉も、一緒に書かれています」

　久永は鞄から書類を取り出し、日向に差し出した。

　おそらく原本ではなく、コピーをしたものなのだろう。白い紙には、筆記体の英文が書かれていた。

「訳す必要はありますか？」

「いえ、大丈夫です」

英文は、これといって難しい単語は見当たらなかったため、日向にも理解することが出来た。久永が言うように、文章の中には母への償いの気持ちと、そして結婚を反対したことへの後悔の気持ちが書かれていた。

そして、一度孫である日向の顔を見たかったが、かないそうにないということも。

元々、祖父への恨みはこれといって持っていなかったこともあり、日向は最愛の娘に会えることなくこの世を去ることになった一人の老人への憐憫《れんびん》の気持ちを感じた。

けれど、全てに目を通した日向は、思わずその顔を引きつらせた。

「え……？」

資産家だとは聞いていたが、日向に残された遺産の額は、これまで見たこともない数字だった。

「ポ、ポンドでこれだけの額なんですか？」

「日本円に換算《かんさん》すると、五千万円ほどになります」

「い、頂けませんこんな大金！」

反射的に、答えてしまう。宝くじではないのだ、自分が扱っていいような額ではない。

日向の反応が意外だったのか、久永は目を丸くし、そして小さく吹き出した。

「も、申し訳ありません……驚かれるとは思いましたが、想像もしていない反応でしたので。まあ、確かに大きい額ではありますが、あくまで一部ですし、叔父のイアン氏も日向さんが受け取ることに異論はないようです。むしろ、日向さんが望まれるなら、遺産とは別に英国での住居も用意すると仰ってくださっています」

「は、はあ……」

久永の説明はどこか現実味が感じられず、ただ日向は頷くことしかできなかった。

それでもとりあえず、春になる頃に一度渡英《とえい》し、あちらの家族と会う算段はつけてもらうことにした。パスポートなどこれまで一度も持ったことがないため、申請の仕方まで丁寧に久永は教えてくれた。

結局その日は思った以上に時間がかかってしまい、夕食までごちそうになってしまった。

「わざわざ送って頂き、ありがとうございました」

車で来ていたらしい久永は、遅くなったことを理由に家まで日向の事を送り届けてくれた。帰国子女の久永は海外生活が長く、今の法律事務所に入る前は英国の日系企業に勤めていたそうだ。そのため、イアン・マキューレスとも知らぬ中ではなく、そういった理由もあって今回の代理人を受けることになったという。

英国人らしい気難しさはあるが、日向の事はずっと気にかけていたそうで、信頼できる人物だとも説明された。

「いえ、事務所に帰るついでもありますし、気になさらないでください。今日の話はマキユーレス氏には伝えますので、また連絡します」

そう言った久永は優雅に頭を下げ、高級車は瞬く間に目の前を走り抜けていった。

今日一日、あまりにも色々なことがありすぎたため、一人になるとドッと疲れが出てきた。

車内は暖房がきいていたため、立ち止まっていると外の寒さを実感する。

この家に来た頃はまだ気温が高く、それこそ半袖でも心地良いくらいだったのに、瞬く間に季節は過ぎていった。

少し前まではこれからも、それこそ尊が小学校に上がるくらいまでは仕事をさせてもらえると思っていたが、今となってはそれもわからない。

大学進学のための学費や生活費は祖父からの遺産で十分補えるからだ。もう一度学生生活をやり直してはどうかという久永の提案は真っ当であり、少し前の日向であれば二つ返事でその選択肢を選ぶはずだ。

けれど、今の日向は久永の提案を素直に受け入れることが出来なかった。

今考えても仕方ないや。はやく帰ろう……。

速足で玄関へと向かい、と重い扉を開ける。その瞬間、自身の太腿に少しの衝撃を感じた。

「え……尊君？」

玄関を開けた日向に飛びついてきたのは、どうやら尊のようだった。

日向がその名を呼べば、膝を抱える手に尊が力をこめる。

「随分遅かったな」

さらに、尊を気にしつつ声の聞こえてきた方を見れば、腕組みした周防が仁王立《におうだ》ちで玄関に立っていた。

「す、すみません……夕食の下ごしらえは出来ていたので、ヤス君にお願いしていたんですが」

休日の今日は、周防は朝から尊を連れて出かけるため、夕食は外で済ませてくると事前に伝えられていた。尊成のためのローストビーフの味付けは済ませておいたし、坂口に任せても問題ないと思ったのだ。

結局、予定した時刻より遅くなってしまったがそれも坂口にも伝えているし、了承は得ていた。

「そういうことを言ってるんじゃない。……さっきの車の男は誰だ？」

「え……？」

車の男、ということは久永の事だろう。見られていたのだろうか。

「えっと……前にお世話になった児童養護施設の施設長の知り合いで……」

まさか久永のことを聞かれるとは思っていなかったため、しどろもどろな言い訳になってしまう。

それが周防にも伝わったのだろう、眦がどんどん鋭くなっていく。

「児童養護施設の関係者？　そんな風には見えなかったけどな。それで？　そいつが一体お前になんの用があるんだ？」

「えっと……」

なんと説明すればいいのだろう。素直に全ての事情を話すべきだろうか。

二人の雰囲気がよくないことが、なんとなくわかるのだろう。

尊が、ギュッと日向の身体を抱きしめた。

「ご、ごめんね尊君。待っててくれたのかな？　もうお風呂入った？」

とりあえず、今は尊の話を聞いた方がいいだろう。そう思った日向は、尊に優しく話しかける。

「おい、俺の話を……」

「ちょっと何？　大きな声を出して」

　周防の声が聞こえたのだろう、玄関先に恵里香が出てきた。

　休日に恵里香がいるのは珍しくはないが、もしかしたら今日も一緒に出掛けていたのかもしれない。恵里香は尊の叔母なのだし、周防とも元恋人同士という間柄なのだ、三人で出掛けるのだって何の不自然なこともない。

　日向がそれに対してもやもやとした気持ちを抱えても、それに口を出す権利などないのだ。

「日向君お帰りなさい。寒かったでしょ？　早く部屋に入って」

　靴を履いたままの日向に気づいた恵里香が、声をかけてくれる。

「は、はい……ありがとうございます」

　わかってる。恵里香自身は美人で能力だって高いのに、それを鼻にかけることもない、気さくで優しい女性だ。

　だからこそ、こんな風に嫉妬をしてしまう自分がとても嫌だった。

「日向、まだ話が終わって……」

「誉、いい加減にしなさい。そもそも遅いって言ってもまだ二十一時でしょ？　日向君は十代の女の子じゃないんだから」

「同じようなものだろ、俺には日向を預かってる責任があるんだ」

周防の言葉に、ハッとする。

日向の家庭の事情のことは、尊成からも聞いているであろうし、日向の口から説明したことがある。成人しているとはいえ、年齢的には大学生と同じ年代ではあるため、周防にとっては同じような認識なのだろう。

そっか……誉さんそんな風に思ってたんだ。

恵里香と違い、男だから周防の恋愛の対象にはならないとか、そういうことではなかった。

どうやら、それ以前の問題だったようだ。

「あ、あの誉さん……後でお話したいことがあります。もしよかったら、恵里香さんも一緒に」

靴を脱ぎ、家に上がった日向は尊の手を引き、なおも口論を続けそうな二人に話しかける。

「話……？」

周防の片方の眉が、訝し気に上がった。

「別に、私はかまわないけど……そうね、その前にお風呂に行っていらっしゃい。ね？

尊もひなちゃん先生と入るんだって言って、待ってたんだもんね」

恵里香に言われ、尊がこくりと頷く。

明日が日曜とはいえ、普段ならばとっくに風呂に入り終わり、布団の中にいる時間だ。

そう考えると、遅く帰ってきたことがなんだか申し訳なくなってしまう。

「すみません、じゃあとにかく尊君とお風呂に入ってきます」

「うん、行ってらっしゃい。ちょうど良い湯加減《ゆかげん》だから」

ひらひらと手を振る恵里香に頭を下げ、日向は速足で廊下を歩いていく。

未だ不服そうにこちらを見ている周防のことは気になったが、とにかく今は尊を風呂に入れる方が優先だ。


昔ながらの日本家屋であり、さらに数十年前は今以上に大きな勢力を持っていたためか、周防邸にはいくつかの客間がある。

日頃は使われることはなく、尊の隠れん坊や鬼ごっこに使われることのある部屋だが、常に掃除は行き届いている。話があるという日向に、周防はそのうちの一つの部屋を指定した。

台所で人数分の湯呑を用意して、言われた部屋へ向かえば、既に周防と尊成、そして恵里香も中で待っていた。

石油ストーブの独特なにおいが微かにする八畳の客間は、廊下に比べてとても温かった。

「すみません、遅くなってしまって」

「それはいいんだけど、尊なかなか寝付かなかった？」

恵里香に聞かれ、日向が苦笑いを浮かべる。

「そうですね、眠ったかと思って起き上がると、目を覚ましてしまって……」

「一日動物園で歩き回ったから疲れているはずなんだけど。帰りの車の中でも寝てなかったし……興奮してたのかな」

動物園へ行ったことは、尊が風呂の中で楽しそうに話してくれた。

日向にもお土産《みやげ》も買ってきたから、後で渡すねとこっそりと教えてくれた。

そっか、恵里香さんも一緒だったんだ……。

予想していたとはいえ、やはりツキリと胸が痛む。

勿論そんな気持ちは表情には出さず、湯呑に入った茶をそれぞれの前へと置いていく。

「ああ、ありがとう。台所は、寒かっただろう？」

「お茶を淹《い》れただけですから」

気遣ってくれる尊成に、小さく微笑んだ。

「日向君が淹れてくれるお茶、美味しいのよね。サロンでは最近は緑茶の人気もあるし、淹れ方を教わろうかな」

「そんな、大したコツは……」

「それで、話ってのはなんだ」

埒が明かないと思ったのか、ムスッとした顔で周防が口をはさむ。先ほどから機嫌がなおってないようだ。

恵里香は小さく肩を竦めると、日向の方を改めて見つめる。

恵里香だけではなく、部屋にいる皆が日向の顔を見つめていた。

「あ、その……実は……」

日向は、今日久永から聞いた話を、ゆっくりと、丁寧に皆に説明した。

恵里香は日向の家庭の事情は聴いていなかったようで、少し驚いたような顔をしていたが、理解力があるのだろう。日向の説明を聞いただけで、だいたいの事情は察してくれたようだった。

絶縁状態だった母の実家から遺産の話で連絡があり、さらに日向にその気があるのなら英国での衣食住の世話もしてもらえること。さすがに遺産の額までは正確に伝えなかったが、高額であるということは伝わったのだろう。

予想もしていなかったであろう話の内容に、日向が全てを話し終えても、皆すぐには口を開かなかった。

「うーん……なんか、少女漫画みたいな話よね。昔、そういうアニメ見たことがある」

場を明るくするつもりだったのか、恵里香がそう言えば、周防がギロリと鋭い視線を向けた。

「茶化《ちゃか》すな」

「別に茶化してるわけじゃないんだけど……でも、良かったんじゃない？　外国に住んでるとはいえ、身内がいるって心強いし」

「そんな単純な話じゃないだろう、そもそも、遺産相続の話からして胡散《うさん》臭いだろう。お前、騙されてるんじゃないのか？」

周防はそう言うと、じっと日向の表情を見つめる。真摯な表情から、心配してくれていることはわかる。

ただ、騙されているという言い方に少し日向は引っかかりを覚える。

「そんな……久永さんはそんな人じゃ」

「そんなの、わかるわけがないだろ？　昨日今日会った人間だ。だいたい、お前は無闇《むやみ》矢鱈《やたら》に人を信用しすぎるんだ。お前相手なら俺だって壺を売る自信がある」

「な……！」

つまり、それだけ御《ぎょ》しやすいと思われているという事だろう。いくら心配してくれているとはいえ、ここまで言われては黙っていられない。

「どうして勝手に決めつけるんですか、誉さんこそもう少し人を信用した方がいいと思いますけど」

まさか日向が言い返してくるとは思わなかったのだろう、周防の眦《まなじり》がますますつり上がった。

「笑わせてくれる。お前みたいな甘ちゃんが生きてる世界とは違うんだよ。周防家の家訓は、人を見たら泥棒と思えだ」

「なんですかそれ、そんなこと尊君には教えませんから」

まるで子供の喧嘩のようなやりとりだが、売り言葉に買い言葉だろう。

「この家のベビーシッターなら、家の方針に従え」

「嫌です、そんなの教育に悪すぎます」

周防が苛立ったように日向を睨みつける。だからといって、それに怯む日向ではない。

久しぶりにまともに周防の顔を見たのが、こんな状況だというのがなんともいえない気分になる。

「ちょっと誉、言い過ぎよ。確かにちょっと出来過ぎた話ではあるけど、久永とかいう弁護士やマキューレス家については私も調べてみるから……」

「いや、弁護士はともかく、マキューレス家については本当だろう。レナさんの元々の名字が、そんな名前だったからな」

それまで黙って皆の話を聞いていた尊成が、重い口を開く。

レナというのは、日向の母の名だ。母は親しい人間にも滅多に自身の生家《せいか》の事を口にすることはなかったため、レナ・マキューレスという名前を知っている人間はほとんどいないと言っていいだろう。

「それ以外の件に関しても調べればわかることだ。ただ、もしその弁護士が言うことが本当だったとして、日向はどうするんだ？」

尊成が、穏やかなまなざしで日向を見つめる。

「親族も見つかって、相手はお前を世話する気だってあるんだろ？　あっちの学校にだって行こうと思えば、行けるんじゃないか？」

「え……？」

日向が高校を途中でやめ、そして進学の意思があることは尊成にも話していた。

「親父、そんな言い方。大学なら日本にだっていくらだってあるだろ。別に、海外の大学を選ばなくたって……」

「勘違いするな、日向さえよければ俺だって日向にはここにずっといて欲しいと思ってる。だが、お前はまだ若いし、選択肢はいくらでもあるんだ。尊の事は心配だが、恵里香が少しずつ慣れてきてる。俺たちに気を遣う必要はないんだ」

優しく、諭《さと》すように尊成が言う。ずっと日向のことを心配してきた尊成からすれば、親族から連絡があったということは喜ばしいことだと思っていてくれているのだろう。

日向としても、その点に関しては嬉しく思っている。

「べ、別に今すぐに結論を出さなくたっていいんじゃないかしら？　日向君だって、まだ混乱してるだろうし」

日向の表情が強張ったことに気づいた恵里香が、助け船を出すように言う。みな、固唾を飲んで日向へ視線を向けていた。

「少し……考えさせてください」

ぽつりと呟いた小さな言葉は、シンとした部屋の中によく響いた。

後日、恵里香は自身が働いていた外資系企業の伝手《つて》を頼りに、マキューレス家、そして久永に関しても調べてくれた。

「全部本当だと思う。マキューレス家の当主が最近亡くなって、息子が事業を引き継いだって言うのも事実だし、久永の経歴もしっかりしてた。だから、安心して大丈夫よ日向君」

仕事帰りに家に立ち寄った恵里香が食事をしながら説明をしてくれる。

尊成はあらかじめわかっていたようで、特に反応は見せなかったが、周防だけはムッスリとしたまま、何の反応も示さなかった。

あれから、周防と日向の間はますますギクシャクとしてしまっていた。

尊のいる前では、互いにそんな様子を見せない様務めているのだが、二人きりになるとどうもうまくいかない。

何か話さなければ、と日向は思うのだが、冷たい反応をされたらと考えると、つい口を閉ざしてしまう。

周防の方も、時折ちらちらと日向に視線は向けては来るものの、自分からは何も話そうとしなかった。

以前、自分と周防はどんな風に話していただろうか、ほんの少し前のことなのに、それすら思い出せずにいた。

「でも残念……春ってことは、日向君は式には出られないかもしれないのね……」

「え……式って……？」

恵里香の言葉に、日向の胸の鼓動が早くなる。尊の魚の骨をとっていたのもあり、自然と俯いてしまう。

「やだ誉、話してなかったの？　春にね、結婚式を挙げることにしたの」

「わざわざ話すようなことじゃないだろ、年を考えろ年を」

「ちょっと最低の発言よそれ！　いくつになっても、女の子にとってウエディングドレスは憧れだもの」

「女の子って字をまず辞書で引いた方がいいんじゃないか」

周防と恵里香の調子のよい掛け合いを聞きながら、日向の気持ちはどんどん沈んでいく。

そっか……二人とも、やっぱり結婚するんだ。

別に、日向に報告する必要も周防には感じなかったんだろう。当たり前だ、自分たちは恋人同士でも何でもないんだから。

同時に、周防の態度が以前よりもずっとよそよそしいのも納得がいく。

事故みたいな出来事だったとはいえ、自分と周防は身体を重ねてしまっているのだ。

周防としては、なかったことにしてしまいたいはずだ。

別に……僕は恋人になりたいとか、そんな風に思ってたわけじゃないのに。

ただ今までのように、周防と協力しながら尊のベビーシッターでいたかっただけだ。

でも、周防と恵里香が結婚をするとなると、日向がベビーシッターである必要はますますなくなる。

むしろ、恵里香と尊が距離を深めるためにも、自分の存在は邪魔なくらいだろう。

はやく恵里香さんに慣れてもらうためにも、僕はいなくなった方が良いのかもしれない。

久永から遺産相続の話を聞いてからも、どこかでこの家でこのまま働きたいという気持ちが捨てきれなかった。

尊の世話をもう少し大きくなるまでしたかったし、それから周防の傍にいたいという気持ちもあった。

往生際《おうじょうぎわ》が、悪すぎるよね……。

後は恵里香と、そして坂口に任せて仕事はやめよう。

尊が食べやすいよう、マカロニのサラダを少し小さくしながら日向はそう決意した。

＊　＊　＊

あれからすぐに久永からの連絡が入り、四月の中旬に渡英することが決まった。

可能であれば進学をしたいという意思を日向が持っていることを久永が伝えてくれたらしく、大学進学のための予備校や語学学校も紹介してもらえるのだという。

とんとん拍子で話は進み、日向のスマートフォンには英国の大学案内がいくつも久永から届けられた。

大学に進学するという意思は、父の夢でもあり、日向自身もずっと目標としていたことだった。けれど、今の日向は素直にそれを喜ぶことが出来ずにいた。

それはやはり、周防の家を出たくないという気持ちがまだ心の底にはあるからだろう。

英国に行く意思は、月が替わった頃に尊成と周防に伝えた。

とりあえず一カ月、もし環境に馴染むことが出来れば、そのままあちらで生活をするつもりだ。

二人とも、特に周防は驚いていたようだが、どちらも日向の意思を尊重してくれた。

どこかで周防が引き留めてくれることを期待していた自身のあきらめの悪さに自嘲《じちょう》してしまう。

ただ、日向がベビーシッターをやめると決まってからは周防の態度には少なからず変化があった。

これまで感じていた壁のようなものがなくなり、ぎこちなかった態度は以前のような親し気なものに戻っていた。

ただ、それは日向のためではなく、尊のためだろう。尊には、日向がベビーシッターをやめることは最後まで伝えないことにした。

親族に会いに行くため、少しの間外国に行くと、そう説明することにしたのだ。

いくら尊が聡《さと》いとはいえ、この年代の子供の記憶はそこまでしっかりしていない。

最初の頃は、日向がいないことを寂しがるだろうが、時間と共に少しずつ忘れていくだろう。

尊の周りには周防も尊成も、それに恵里香もいるのだ。

特に周防は、出会った頃に比べて各段に尊との距離が近くなった。

尊も最初はどこか周防に遠慮をしていたが、最近はそれがなくなり、子供らしいわがままを言って見せたりもしている。

まるで本当の親子のような二人の様子を見ていると、日向は幸せな気分になれた。

「うわあ、お弁当にクマさんとうさぎさんがいる……！」

三月も中盤になり、温かくなり始めた頃だった、一緒に花見に行かないかと周防が誘ってきた。

家のすぐ近くに、たくさんの桜が咲いている公園があるのだが、地元の人間しか知らない場所であるため、人でごった返しているという事もない。

周防の提案を二つ返事で了承した日向は、次の休日に花見へと出かけた。

てっきり恵里香も一緒に行くものだと思っていたが、前日に聞いた人数は日向と尊、そして周防の三人で、人数分の弁当を持って出かけることになった。

日向が尊に作れる、最後の弁当になるかもしれないのだ。美味しさと栄養バランス、何より見た目までとにかくこだわって作った。

「確かに……すごい気合いが入ってるな」

「キャラ弁に喜んでくれるのって、今のうちだけですからね。小学校に上がったら、男の子の場合恥ずかしいからやめてって言う子もいますし」

ベンチに座った尊は嬉しそうにうさぎの形のおにぎりを頬張っている。

ウインナーにチーズ、きゅうりを爪楊枝《つまようじ》で繋げたおかずは、尊の好物だ。

小さな尊のお弁当箱は、たくさんいれるとすぐにいっぱいになってしまうため、少しずつ、色々なおかずをいれるようにした。

「飯《めし》なんて腹が膨れればなんでもいいと思ってたが、お前の料理を食べたらそんな風には思えなくなるな。生活の質が上がった気がする」

「ありがとうございます。そんなに高級なものを出してるわけじゃないんですけどね。料理って、お金をかけなくても丁寧に時間をかければ良いものが作れるんですよ……。あ、勿論僕には時間があるからで、恵里香さんみたく忙しい女性はデリバリーや外食を頼んでもいいと思うんですが」

価値観の押し付けにならぬよう、慌ててフォローをするように言葉を付け加える。

実際、人には向き不向きがあるのだし、日向は料理が好きで、手間をかけるのも苦《く》にならないが、誰もがそうでないということだってわかっている。

「あいつに料理なんてはなっから期待してねーよ……」

恵里香の料理は食べたことはないが、恵里香を可愛がっている尊成でさえその点には触れないところから、あまり料理上手でないことはわかる。

だけど、周防にとってそんなことは些末なことなのだろう。

「ひなちゃん先生、滑り台で遊んできていい？」

食べ終わってごちそうさまをした尊が、ベンチのすぐ目の前にある遊具を見つめていった。

今すぐにでも走りだしたいというような、そんな顔の尊に、日向はにっこりと微笑む。

「いいよ、行ってらっしゃい。後で見に行くからね。あと、お友達と順番に滑るんだよ」

「はーい！　じゅんばん、だね！」

元気よく手を上げた尊が、滑り台の方へと走っていく。

最初は少し緊張した顔をしていたが、前に並んでいた少し体の大きな少女が話しかけてくれたことで、表情が明るくなった。

子供ってすごいなあ……初めてあった相手とも、すぐに仲良くなれるんだもんね。

感心した様に見つめていると、すぐ横から視線を感じた。

「……な、なんですか？」

「いや。英国はメシがまずいんだろ？　お前、大丈夫なのか？」

思ってもみなかった質問に、少し拍子抜けしてしまう。そういえば、周防に英国行きのことを聞かれたのは初めてかもしれない。

「そういう話は僕も聞いたことがあるのですが、最近は外国資本のレストランも増えて、だいぶ改善されているそうです。食事よりも……寂しいのはこの景色が見られなくなることですかねえ」

言いながら、公園のあちこちに咲いている桜の花を見上げる。

昔母が、日本に来て感動したことの一つが、この桜の花の美しさだと言っていた。

そういえば、両親が生きていた頃はこうして毎年のように花見に出掛けていた。

冬が終わり、最近は空気までぽかぽかと温かい。雲一つない青空に、桜の花のピンク色の花弁がよく映えている。

カシャリ。

小さなシャッター音にはじかれたように音の聞こえた方を向くと、隣にいた周防がスマートフォンを構えていた。

「……今、写真撮りませんでした？」

「桜を撮っただけだ」

「いえ、明らかにスマホこっち向けてましたよね？」

「気のせいだろう」

周防が、素知らぬ顔で視線を逸らす。まったく、なんのつもりなのか。

変な顔、してなかったよね……？

写真を見せてもらおうかと一瞬思ったが、

「ひなちゃんせんせーい！」

滑り台の高いところに上った尊が、大きな声で日向を呼んだ。

「あ、待って尊君！　写真撮るから！」

恵里香に頼まれているカメラを持ち、日向は駆け足で滑り台の方へと向かって行った。

だから、そんな自分を周防が寂し気な表情で見つめていたことには気付かなかった。

＊＊＊

渡英まではとにかく慌ただしく、あっという間の日々だった。

出発の日は生憎の曇りだったが、今にも雨粒が落ちてきそうな空は、日向自身の気持ちを表しているかのようで、ちょうどよかった。

そう、日向は今とても泣きたい気分だった。

「み、尊君……」

瞳いっぱいに涙を溜めた尊は、先ほどからちっとも日向のことを離そうとしない。

昨晩、日向がしばらく英国へ行くと言ってから、ずっとこんな感じだ。

用事が終われば帰ってくると尊にはなんども説明し、言葉の意味はわかってくれているはずなのだが、感情の方が追い付かないようだ。

「うーん、もう行くのやめちゃったら？」

一向に日向から離れようとしな尊を見て、恵里香があっけらかんと言った。

「さ、さすがにそれは……」

日向は屈みこみ、尊に視線を合わせる。

「えっと尊君、向こうで用事が終わったら、すぐに帰ってくるから」

微笑んでそう言ったものの、尊はじっと日向の顔を見つめたままだ。

「じゃあ尊君、先生イギリスからお手紙を書くね。だから、尊君もお手紙をくれる？」

「おてがみ……？」

「尊君、字を書くお勉強してるだろう？　尊君から手紙もらえるの、楽しみだな」

尊はこてんと首を傾け、考えるようなし仕草を見せた後。

「尊、ひなちゃん先生にお手紙書く！　だから、ひなちゃん先生も、すぐに帰ってきてね？」

「うん……」

純粋な瞳で見つめられると、日向の心がツキツキという痛みを覚える。

尊が、自分のことをとても慕ってくれていることがわかるからだ。

出来ることなら、ずっとこのまま尊が大きくなるまで、ランドセルを背負う姿を見るまで、ベビーシッターを続けたかった。

「本当に、空港まで送って行かなくていいの？」

日向から離れた尊の手を引いてくれた坂口が心配げに問う。

「荷物も少ないし、駅まですぐだから。ヤス君には、色々世話になったね」

「いや、それはこっちのセリフだよ……！」

出発の日を平日にしたのは、休日であれば周防が送っていくと言ってくれるであろうことが想像できたからだ。

だから、当初は休日にすると言ってあり、途中で飛行機が一日早くなったことを伝えた。

空港まで見送られたら、多分涙が堪《こら》えられなくなってしまう。笑顔で別れたいからこそ、見送りは家でお願いすることにした。

「身体に気を付けて、何か困ったことがあったらなんでもいってくれ」

「はい、尊成さんには、本当にお世話になりました」

察しの良い尊の事だ、あまりこういった会話はしない方が良いかもしれないと思いつつも、尊成にはしっかりと礼を言いたかった。

「誉さんも、色々、ありがとうございました」

「いや……、別に俺は何も……」

いつになく、周防の歯切れは悪い。情に厚い周防のことだ、数カ月の間一緒にいた日向への愛着もそれなりに感じていてくれたのだろう。そうであれば、少しだけ嬉しい。

「向こうについたら、絶対連絡してね。海外生活だったら私も長いし、相談にものれると思うから」

「恵里香さん……」

恵里香の表情は、心底日向を心配していることがわかった。恋敵ではあったが、最後まで日向は恵里香のことが嫌いにはなれなかった。

最初は少しあった苦手意識も、まるで姉のようにあれこれと日向の世話を焼いてくれる姿に、いつのまにか好感を持っていた。周防の相手が彼女で良かったと、心から思えた。

「あの、これ簡単なレシピ本なんですが……参考になればと思って」

バッグの中から、あらかじめ用意していた冊子を渡す。

「ええ？　可愛い！　手作りじゃない、本当にもらっちゃっていいの？」

「はい」

ありがとう、と嬉しそうに恵里香は笑った。

日向は最後に皆に深く頭を下げると、駅に向かって歩き始めた。

「ひ、日向」

「はい」

周防に名前を呼ばれ、振り返る。何か、伝えそびれたことでもあったのだろうか。

「あ、いや……その……」

呼び止めてはみたものの、周防は困ったような顔をして言葉を選んでいる。

こんな様子の周防を見るのは、初めての事だった。

「なんでもない……身体に、気をつけろよ」

どこか苦しそうに、それだけ周防は言うと、俯いてしまった。

「はい。ありがとうございます」

日向はもう一度皆に頭を下げ、今度こそ駅の方向へと向かって行った。

＊　＊　＊

モノレールにさえ乗ってしまえば、空港まではあっという間だ。

世間は新年度がはじまったばかりで、旅行シーズンには少しばかりずれている。

そのため、車内にいるトランクケースを持った人間のほとんどは、海外出張に向かうらしいビジネスマンだった。

最初は久永も一緒に渡英するはずだったのだが、どうしても抜けられない仕事が入ってしまったらしく、翌日の便で向かうことになった。

国際線は搭乗手続きの二時間前には空港についていなければならないと聞いていたが、日向は時間を多めにとって三時間前には到着していた。

飛行機自体、幼い頃に国内線に一度だけ乗ったきりなのだ。

広い空港で迷いはしないかと緊張もしていたが、当然であるが空港内にはたくさんの案内表示があり、迷うことなく搭乗手続きまで済ませることが出来てしまった。

とはいえ、保安検査場に行くのはさすがに早すぎるだろう。

目的地であるヒースロー空港には、あちらの親族が迎えに来てくれているという話だった。久永を介してメールも何度か交わしたが、メールの内容からも日向の事を受け入れようとする雰囲気は感じられた。

あ……そういえば返信し忘れてた。

スポーツバッグの中にあるノートパソコンを使える場所はないかと、あたりを見回す。

ベビーシッターを始めた頃、周防が買ってくれたノートパソコンは未だ真新しい。

返却するつもりだったのだが、それを話せば周防からはそのまま持っていくように言われた。

本当に、色々なものを貰っちゃったな……。

退職金も、ちょっと普通では考えられないほどの額が振り込まれていた。

ありがたいと思う一方で、何とも言えない寂しさを感じた。

お金よりも、もっとあの家で、尊と周防の傍で働いていたかった。

溢れてくる涙をぬぐいながら、日向は叔父であるイアン・マキューレスにメールを返した。

ゆっくりと空港内を見て回り、書店に立ち寄ったり、カフェで時間を潰していれば、あっという間に出発時間になった。

初めて入った免税店で買ったぬいぐるみは、尊へのプレゼントだ。恵里香に化粧品も買おうかとも思ったが、好みもあるだろうし、あまり詳しくない自分は手を出さない方がいいと思ってやめておいた。

周防にも何か買おうと思ったのだが、結局何も買えなかった。イギリスについてから、何か探してみよう。

保安検査場に行こうとしたところで、独特のメロディ音と共に、アナウンスが聞こえてきた。

「ブリティッシュエアウェイズ一二三便ヒースロー空港行きにご搭乗のお客様にお知らせします……」

エンジントラブルが発生したため、点検のために搭乗時間が遅れるというアナウンスだった。国際線ではよくあることだとネットの記事で読んだことはあったが、まさか自分が経験するとは思わなかった。

新たに設定された出発時間は未定のようで、わかり次第アナウンスする、ということだった。

まあ……こういうこともあるよね。

おそらく到着時間の遅れは叔父にも伝わっているだろうが、一応自分からもメールをしておいた方がいいだろう。

連絡だけなので、ノートパソコンを開くほどでもないだろう。そう思い、既に電源を切っていたスマートフォンの電源を再び入れ直す。

「え……？」

ディスプレイには、おびただしい数の着信履歴が残っており、慌てて確認すれば、相手は周防のようだった。

電源を切っていたのは一時間ほどだが、何か緊急の用事でもあったのだろうか。

まさか、尊君に何か……？

嫌な想像が頭を過ぎり、かけ直そうと画面の操作をする。けれど、その前に再び着信が入った。

「誉さん？」

「日向か!?」

日向が喋るより先に、通話口の向こうの周防が被せるように口を開いた。

「飛行機は!?　まだ乗ってないのか!?」

よほど焦っているのだろう。周防にしては珍しく、落ち着きのない物言いだった。

「あ、エンジントラブルで遅れが出てるんです」

「今どこにいる!?」

「えっとここは……」

もしかして、見送りに来てくれたのだろうか。なんと説明すればいいのだろう。

「目の前に、出発便の案内の大きな看板がある場所で……あと、北ウイング？って書いて……」

しどろもどろに自分の周りの目に入ったものを口にしていく。その時だった。

「ひなちゃん先生ー！」

高く、可愛らしい声が日向の耳へと入ってくる。

え……？

日向の瞳が、これ以上ないほど大きく見開かれた。

振り返った先には、尊を腕に抱えた周防が、駆け足でこちらへと向かってくる姿が見えた。

平日とはいえ、出発ロビーはそれなりに人が集まっている。その中を、器用に人々をかき分けてくる。

「誉さんに、尊君？　どうして……」

驚く日向に対し、尊は嬉しそうに微笑んでいる。おそらく、ずっと走ってきたであろう周防は、短い息を吐いている。

「日向、話がある」

ようやく呼吸が落ち着いた周防が、日向をまっすぐに見つめてそう言った。

高い位置にある周防の真摯な顔に、日向は頷くことしかできなかった。

＊　＊　＊

窓の外は雲が多いものの、朝方の曇り空が嘘のように良い天気だった。

はるか遠くの空から、飛行機がこちらに向かってくるのが見える。

さすが空港にあるキッズスペースとでも言うべきか、遊戯場《ゆうぎ》で遊びながらも、飛行機が飛ぶのを見られるようなつくりになっている。

日向は周防と二人、ベンチに座りながら、遊具で遊ぶ尊の様子を見守っていた。

ほぼ貸し切り状態の遊戯場に、尊は楽しそうだ。

えっと……話って、なんだろう……。

話がある、とはいったものの、周防の方から口を開く気配はない。日向の方から話しかけた方がいいだろうか。

「ひなちゃんせんせーい！　誉おじちゃーん！」

ブランコに乗った尊が、楽しそうに二人の名を呼んだ。

尊の声に応えるように、二人で同時に手を振る。

そのタイミングがあまりにもよかったため、目を合わせると同時に吹き出してしまった。

「その……恵里香に、レシピ本を渡していただろう？」

「え？　あ、はい……」

もしかして、内容がわかり辛かっただろうか。恵里香は料理が不得手だという話を聞いていたため、なるべくわかりやすいように書いたつもりだったのだが。

「絵も可愛ければ、内容もわかりやすいって喜んでた。ただ……あの本、もともとは恵里香のためじゃなく、自分のためのメモ書きみたいなものだったんじゃないか？」

「え？　なんでわかったんですか？」

周防の言う通り、あの本は元々、尊や周防、そして尊成が作ったメニューを気に入ってくれた時にとても嬉しくて、覚えていようと書き始めたものだった。

ただ、恵里香に渡すにあたってそういった個人的な文面のほとんどは消したはずだ。

「ところどころ……字を消した跡があるからなんて書いてあるのか調べたらしい。最初は単純に料理について書いてあるのかと思えば、俺や尊のことがほとんどで……それで、お前が何か誤解してるんじゃないかって俺に電話してきたんだ」

「誤解？」

「だから……、俺と恵里香が、出来てるんじゃないかって」

「出来てるも何も、結婚するんですよね？」

言いながら、日向の心がツキツキと痛む。わかってはいるものの、やはり口にしてその事実を確認するだけでも傷つく。

けれど日向が言った瞬間、周防はあからさまに顔を引きつらせ、信じられないものを見るような目で日向のことを凝視した。

「まさかとは思ったが……お前、本気でそんなこと思ってたのか？」

今度は、日向の方が驚く番だった。

「いえ、だって恵里香さん結婚するって……」

「相手は俺じゃねえよ！　俺もよく知ってるやつで、うちの事業を一つ担当してくれている。お前も多分会ったことあるぞ、家にも何度か出入りしてるし」

確かに周防の家には時折客人が招かれて、日向も茶を出すくらいはしたがそれ以外の接点はない。

「そ、そうなんですか……？」

「って、今はあいつらの話なんてどうでもいい！　恵里香がお前が家を出ることにしたのは、俺と恵里香が結婚すると思って、それで気を使ってそうしたんじゃないかって言ってたんだが……そうなのか？」

さすが察しの良い恵里香とでも言うべきか、自身の行動を見透かされてしまったようで、少しばかり決まりが悪い。

「は、はい……」

視線を逸らしながらそう言えば、横にいた周防がわざとらしい大きなため息をついた。

「なんでそんなことになるんだ……俺と恵里香がそんな風に見えるか？」

「とても仲が良さそうでしたけど……元々恋人同士だったたんですよね？」

確かめるように日向がそう言えば、ついには周防は両の手を頭へと当ててしまった。

「確かに仲は悪くないが、所謂腐《くさ》れ縁《えん》ってやつだ。学生の頃も周囲が勝手に付き合ってるって思いこんでただけで、そんな関係じゃなかった。あいつに言い寄ってくる男も俺が相手だとみんな怯んだから、いいように使われてただけだ」

確かに、強面の周防が恋人であればほとんどの男は太刀打ちできないと思うだろう。

「まあ、長い付き合いだし人間的には面白いやつだと思うが、あいつのことをそんな風に見たことはない」

日向は、こっそりと隣にいる周防の顔を盗み見る。

その表情は嘘をついているようには見えなかった。そもそも嘘をつくことに何の意味もないだろう。

そっか、誉さん、結婚するわけじゃないんだ……。

思わずホッとしてしまったが、そんな自分を慌てて否定する。

ど、どちらにせよ僕には関係のない話だよね。

とはいえ、ふとそこで疑問が湧いてくる。

「えっと……それを、わざわざ説明に来てくださったんですか？」

「違う。いや、それもあるが……お前の事を、引き留めに来た」

「え？」

周防の言葉を理解するのに、少しばかり時間がかかった。

「尊君には、まだ僕が必要だということでしょうか……？」

先ほどの、日向を見つけた時の嬉しそうな尊の顔を思い出す。

「違う。いや、勿論尊にもお前は必要だとは思うが……お前の事を必要としているのは俺だ」

「……え？」

どういう、意味なのだろうか。日向が周防の方を見つめれば、周防は苦渋に満ちた表情をしていた。

けれど、何かを決心した様にゆっくりと日向へと視線を向ける。

「日向には、太陽の下がよく似合うな」

唐突にそう言われ、戸惑いながらも日向も口を開く。

「そ、そうですか？　確かに日向って名前は、そこからとったみたいですが……」

「常に真っすぐで、他人を色眼鏡で見ることもなければ、誰に対しても優しさを向けることが出来る。他人を疑う事しか出来ない俺とは全く違う。だから、雇ったときにもこっちの仕事には出来る限り関わらせないようにした。お前は俺の傍にいるような人間じゃない、いつか、明るい太陽の下に帰してやらなきゃいけないと、そう思ってた」

日向の瞳が、大きく見開く。周防がそんな風に考えていたなんて思いもしなかった。

「だけどお前は持ち前の明るさで、家の中も明るくしてくれた。尊の父親、勇心が死んだことでずっと暗いままだった家の中を、お前が温かい場所にかえてくれたんだ。そんなお前に、どんどん惹かれていった。そんな風に見ちゃいけないってわかってたはずなのに、感情が抑えられなくなっていったんだ」

ゆっくりと、言葉を選びながら周防が話す。だから、日向も恐る恐る聞いてみた。

「あ、あの……じゃあ、少し前に誉さんが素っ気なかったのって、別に僕に呆れたからとか、嫌悪感を抱いたからとか、そういうわけじゃなかったんですか？」

「け……そんなわけがないだろう？」

「だ、だけど、誉さんにはとても恥ずかしいところを見せてしまったので、てっきり……」

言いづらそうに日向が言えば、何のことを指しているのか分かったのだろう。周防は小さくうなずき、そしてすぐにそれを否定した。

「そんな風に思ってたのか。悪かった、そんなつもりは全くなかったんだ。ただ、正直お前を抱いてからは、歯止めがきかなくなりそうだったのは本当だ。このままじゃ手放せなくなる、そう思って距離を置こうともした。だからお前が仕事をやめるって言ったときには、少し安心した。俺からは、とてもじゃないけど手放せないと思ったから。だが、いざお前が俺の傍からいなくなることを考えると……正直、耐えられなかった」

常に強気で、自信ありげな周防からは考えられないくらい、弱気な言葉だった。

「俺はいわゆるヤクザもので、やっている仕事も褒められたものじゃないし、おおよそきれいなものとは言えない。危険だってないとは言えない。だけど、お前のことは絶対に危険な目にあわせないいし、命に代えても守る」

周防が、強い瞳で日向を見つめる。

「お前のことが、好きなんだ。だから……これからも、日向には俺の傍にいて欲しい」

「誉さん……」

周防自身、迷った末に出した結論だったのだろう。責任感の強い周防のことだ、それほどの信念をもって、告白してくれたのだということがわかる。膝の上にある大きな手が、微かに震えていた。

日向は小さく頷き、周防の手を包み込むように自身の手を重ねた。

「僕も、誉さんの事が好きです。傍に、いさせてください」

「……いいのか？」

驚いたような声で、周防が問うた。

「一度お前の手を掴んだら、もう絶対に離すことは出来ない、逃げるなら今のうちだぞ」

そんな周防の言葉に、日向は小さく笑う。

「離さないでください。僕はこれからも、尊君と、誉さんと一緒にいたいです」

「日向……」

互いに視線を絡ませ、微笑み合う。

ゆっくりと互いの顔が近づき、唇が重なるその時だった。

「あー！　ずるーい！　尊もー！」

二人の様子に気づいた尊がそう言うと、慌てたようにベンチまで駆け寄ってくる。

周防が少しだけ残念そうな表情をしたため、日向は小さく吹き出してしまった。

そして周防が軽々と尊を抱え上げると、尊の両頬に、周防と日向がそれぞれキスを落とした。

＊＊＊

大きなベッドの端では、尊がすやすやと気持ちがよさそうに眠っている。一緒にお風呂に入り、髪をかわかしているうちからうとうとしていたのだが、布団に入った途端、すぐに眠りについてしまったのだ。

「寝たか？」

自分たちの後にシャワーを浴びてきたらしい周防が、尊の様子を見て言った。

「はい、一日遊んで疲れちゃったんでしょうね……」

あの後、結局代わりの機材が届かず、日向の乗る飛行機の出発は一日遅れることになった。代替え便は翌日の午後ということもあり、空港近くのホテルの宿泊券を航空会社が配ってくれたのだが、結局それは使わなかった。三人で空港近くにある航空博物館を見に行き、さらにその後は海に遊びに行った。海水浴の季節にはまだ早いとはいえ、夕暮れの海は美しく、キラキラとした水面を見た尊も喜んでいた。そしてその後は、周防と尊と一緒に周防の会社の系列のホテルに泊まることになったのだ。

……可愛い。

ぐっすりと眠っている尊を見ていると、こちらまで穏やかな気分になってくる。尊に向けていた視線を上にあげれば、ちょうど周防と目が合った。

「あ、今日はありがとうございました」

日向の言葉に、周防が片眉を上げた。

「一日、付き合ってもらったので……」

正直、日向一人だと時間を持て余してしまっていただろう。周防と尊がいてくれて、本当に良かったと思う。他の航空会社の便の予約を取り直したり、まだ空いている時間に変更している人間もいたが、日向がそれをしなかったのも、二人がいてくれたからだ。

「俺としては、機体のトラブルに感謝したいくらいだったけどな」

「え？」

「一日お前と一緒にいられた。せっかくお前の気持ちが確認できたのに、あのあとすぐに出発なんて言われたら、絶対引き止めちまってたからな」

周防が日向の腕を優しくとり、そして尊が寝ているベッドから、その隣のベッドに座るよう促す。されるがままに日向は隣のベッドに腰かけ、周防と向かいあった。

「もう、引き止めてはくれないんですか？」

悪戯《いたずら》っぽく笑えば、周防が表情をムッとさせた。

「引き止めたら行かないのか？」

「それは……ちょっと難しいかな」

「だったら待っててやる。予定より一日でも滞在が伸びたら、連れ戻しに行くからな」

本気で言っているのだろう。周防の目は据わっていた。けれど、それだって周防の愛情からくるものだとわかると、心の中は温かい気持ちになり、自然と頬が緩んだ。

「おい、俺は本気だからな」

「わかってます。それに、そんなことにはなりませんよ。僕だって寂しいんですから、ちゃんと予定通り帰ってきます」

そう言って笑いかければ、周防はその切れ長の瞳を大きくし、がばりと日向の身体を抱きしめた。

「ったく、行かせたくねーな……」

「一カ月で帰ってきますから、待っていてください」

腕の中で日向が言えば、周防がゆっくりと腕を解き、日向の顔を覗き込んだ。そして、その耳元へと唇を寄せ、囁いた。

「いい子で待っててやるよ。その前に、お前をたっぷり味わってからな」

え……？

「ん……！」

きょとんと首を傾げる間もなく、日向の頬は周防の両手に包み込まれ、唇を重ねられた。強引だが、決して乱暴ではないキスは深く、そのままゆっくりとベッドに押し倒される。

周防の舌が日向の口腔内へとのばされ、歯茎をなぞり、さらに日向の舌をとらえる。互いの舌を絡ませ、唾液《だえき》が混じり合う。気持ちよさにぞくりと背中が泡立った。

「は………」

そんな日向の反応に気づいた周防が、するりと日向の浴衣の裾からその大きな掌を滑り込ませる。帯をとかれ、その白い裸体を周防からじっと見つめられる。既に部屋が薄暗いとはいえ、さすがに気恥ずかしい。

「あの、あまり見ないでください……本当にただの男の身体ですし」

周防がこれまで相手にしてきたのは、おそらく美しい女性ばかりのはずだ。過去に嫉妬をしても仕方がないが、彼女たちと比べられるかと思うと少し落ち込む。それこそ、周防の気持ちが萎えてしまうのではないかと。

「何を言ってるんだ」

周防が笑って、そして日向の耳朶を優しく噛んだ。

「誰かの身体を見て、こんなに興奮したのは初めてだ」

「なっ……」

恥ずかしさと嬉しさで、何の言葉も返せない日向の首筋を、周防が強く吸う。周防に口づけられるたび、自分の中の体温が上がっていくのを感じる。

「ふっ………あっ………」

濡れた周防の舌が器用に、首筋や鎖骨を嘗めとっていく。どちらかというと涼し気な顔をしていることが多い周防だが、その舌はとても熱く、触れられるたびにびくりと日向の身体は震えた。唇だけではない、周防の二つの大きな手が、日向の身体のあちらこちらを撫でていく。

周防から与えられる愛撫はとても気持ちがよく、日向の唇からは声が漏れてしまう。

「あっ……………うっ……」

胸の尖りが指の腹で撫でられ、嬉しそうに勃ち上がる。胸だけではない、日向の身体のすべてが、周防に触れられることを悦んでいる。

肉の薄い腹の上や腰を湿った舌で舐めとられ、ゆっくりと下腹部へとおりていく。

大きく足を開かされ、足の付け根を周防が優しく撫でる。

さらに、サイドテーブルに置いてあったローションを手に取るのが見え、ギュッと瞳を閉じる。一度経験しているとはいえ、やはり後孔に何かを挿れられるということには少しばかり抵抗があった。けれど、想像していたような刺激はこなかった。

「え……？　はっ…………！」

周防の大きな手が触れたのは、日向の後ろではなく、反応していた屹立《きつりつ》だった。

ゆっくりと前後に動かされ、先端が濡れていくのがわかる。

「あっ……あっ………ひゃっ……！」

さらに、柔らかいものが日向の後孔に触れる。うっすらと瞳を開けば、日向の足の根元に顔を埋める周防が見えた。

「ま、待って誉さん……やっ……」

日向の秘孔に刺激を与えていたのは、周防の柔らかい舌だった。まだ閉じられたそこの部分の、襞の一つ一つを舐めていく。

「あっ……やっ……！」

すごく気持ちが良い。ただ、身を清めた後とはいえそこを舐められるのにはやはり抵抗があった。けれど、無意識に閉じようとした足は周防のもう片方の手で阻まれる。

「ひっ……！」

それどころか、ぐいと腰を持ち上げられ、さらに足を大きく開げられてしまった。

にやりと笑った周防はそう言うと、その滑った舌を日向の胎内へと挿れる。

「はっ……！　ああ……！」

前と後ろからの刺激に、身体が震える。水音が耳によく聞こえ、恥ずかしさに小さく首を振る。けれど、舌での刺激では物足りなかったのだろう。丁寧に解されたそこに、周防の指が挿れられた瞬間、日向の身体は大きく跳ねた。

「ふっ……あっ……ひっ……」

周防の指を、粘膜が包んでいく。二本、三本と指を増やされていくが、異物感よりも快感を身体は覚えているようだ。

「お前のここは、可愛いな」

愛おし気な周防の呟きが、ぼんやりとした頭に聞こえてくる。

「も、もう……」

ダメ、射ってしまう。そう思った瞬間、周防の手が日向の自身と後から離される。

え……？

思わず周防の方を見れば、手にはすでにパッケージの開けられた避妊具があった。そして、日向に対して小さく笑む。

「悪いな、俺もそろそろ、お前の中に挿りたいんだ」

「あ……」

周防は日向の足を軽々と抱え上げると、既に起ちあがった剛直を、ゆっくりと日向の秘孔へと押し付ける。

「あ……」

自分のすぐ近くにある周防の顔を、ゆっくりと見上げる。周防と繋がることが出来るのは嬉しい。だけど、やはりまだわずかであるが恐れもある。最初の時とは違い、意識がしっかりしていることもあるだろう。

「今日は、やめておくか？」

そんな日向の気持ちを感じ取ったのだろう、優しい表情で、周防が問いかけてきた。既に周防の剛直は張りつめられており、周防だってつらいはずだ。だけど、それでも日向に無理強いをしたくないという気持ちが強いのだろう。

日向は、ゆっくり首を振り、「大丈夫です」と掠れた声で答えた。

「わかった、十分慣らしてある。息を吐いて、身体の力を抜いてくれ」

耳元で周防に囁かれ、こくりと日向は頷く。

それを合図に、周防の屹立が、ゆっくりと日向の中へと挿ってくる。

「は…………！」

猛った周防のものに貫かれ、窄まりが開かれていく。異物感こそあるが、痛みは感じない。

日向の身体も熱くなっていたが、重なった周防の肌も熱く、汗ばんでいるのがわかる。

ようやく収まると、周防はゆっくりと腰を動かし、抜き差しを始める。

「ひっ……あっ……」

ゆっくりと、胎内をさぐるように。日向の、気持ちの良い場所を探し当てるように。

周防の腰の動きは少しずつはやくなっていく。

「ああっ……あっ……ああっ………！」

互いの息と、肌が重なっていく。激しい周防の動きに、必死で日向はその逞しい腕をつかむ。肌は上気していき、もっと奥まで突いて欲しいと自ら腰を浮かす。

前回と同じくらい、いや、それ以上に気持ちが良かった。それはおそらく、周防が日向の身体を求め、また日向も周防を求めているからだろう。

「ひっ……っ！　ああっ………！」

身体がびくびくと震え、既に嬌声を抑える事すらできなくなっていた。既に日向の性器も限界に近いのか、先端からは蜜が零れている。

気づいた周防が、片方の手を日向自身へと伸ばし、やんわりと包み込む。

「ああっ………！」

胎の中の深いところと屹立を同時に責められ、身体に電流がはしったかのような快感を覚える。瞬間、周防は日向を力強く抱きしめた。避妊具をつけていても、周防のあたたかいものが注がれているのがわかる。同時に、自身の性器も周防の身体を濡らしていた。

「ごめんなさい誉さん、汚しちゃった……」

「別に汚れてなんかないだろ、お前のものなんだから」

周防は自身の腹に付いた日向の白濁を気にした様子もなく、小さく微笑んだ。ああ、この人は本当に自分の事を大切に想ってくれているんだ。そう思うと、日向の胸はいっぱいになった。

「誉さん」

「なんだ？」

「……大好きです」

日向がそう言えば周防はその瞳を見開き、日向の耳朶を優しく噛んで囁いた。

「俺も、こんなにも誰かを好きになったのはお前が初めてだ」

そして多分、お前で最後だろうな。

周防の言葉が嬉しくて、日向はゆっくりと頷く。見上げた窓からは美しい都心の夜景が一面に広がっていた。そしてそれは、まるでたくさんの星々のようにも見えた。

僕の上にも、銀貨、振ってきてくれたんだ……。

自身の目の前にいる周防を見つめ、日向はもう一度微笑んだ。

＊＊＊

――二カ月後

スマートフォンのアラームが、静かに振動している。

周防の腕の中にいる日向はそっとスマートフォンへと手を伸ばしたが、その手は周防に阻まれてしまった。

「すみません、起こしちゃいましたか?」

「ああ。まだ早いから寝ていろ」

寝ぼけているのだろうか。耳元でそう囁かれた日向は小さく笑う。

「そういうわけにはいきませんよ」

「安心しろ、ヤスには今日は一人で朝食を用意するよう言ってある」

さらりと言った周防の言葉に、日向は顔を引きつらせる。

「そういうわけにはいきませんって……!」

「学校は午後からだろう? たまにはゆっくりしてろ。だいたい、今のお前の仕事は食事係じゃないだろ」

周防と互いの気持ちを確認しあった日向が再び日本に帰ってきたのは、一カ月ほど前のことだ。

思いのほか英国の親族に気に入られた日向は、それこそこのままずっと英国にいて欲しいと言われたのだが、日向は日本に帰り、再び周防の家で暮らし始めた。

以前と違うのはベビーシッターでも食事係でもなく、周防の恋人として住んでいるということだ。

来年の大学受験を目指し、予備校にも通っている。

ただ、仕事ではなくなったとはいえ、今でも日向は皆の食事も作るし、尊の世話もしている。周防としては、それが少しばかり気に入らないらしい。

「そういうわけには……」

ゆっくりと起き上がろうとするものの、周防に再びその身体を抱きしめられてしまう。

互いに上半身は衣類を纏っていないせいか、肌の感触が心地よい。

「俺も今日は昼からでいいんだ。たまにはゆっくりしていろ」

周防はそう言うと、優しく日向の額へと口づけを落とす。

「……じゃあ、遠慮なく」

たまにはいいだろう。そう思う、日向はコテンと周防の胸へと自身の頬を近づける。

五分後、日向を起こしに来た尊の声に、慌てて服を探すことになることをまだ二人は知らない。

おわり

あとがき

はじめまして、またはこんにちは。はなのみやこです。

セシル文庫さんでは初めてお仕事をさせて頂きました。

セシル文庫さんといえば、可愛らしいお話が多い、というイメージがありましたので、これを機会に子育てもの？　に挑戦してみました。

これまでも小さな子供が出てくるお話は書いたことはあるのですが、メインで出てくるのは今回が初めてです。

私自身も子供はとても好きで、最近も行政機関に行った際、隣でやっていた三歳児検診をにこにこしながら見ていたのですが。

いや、毎日ちびっ子の相手をしているお母さんたちは大変ですよね……！

幼稚園や保育園の先生も、本当に尊敬します。

子供は可愛いですが、育てるのは可愛いだけじゃとても出来ませんからね。

日向《ひなた》はこれからも、尊《みこと》のことを愛情をもって育てていくんだろうなあと思います。もちろん、周防《すおう》も一緒に。

今回とてもかっこいい周防ときれいな日向、そして可愛い尊を描いてくださった鈴倉温《すずくらはる》先生、ありがとうございました。ラフ画を頂いた時は遅い時間帯だったのですが、あまりに嬉しくて目が覚めました！

担当Y様、たくさんのアドバイスを頂きありがとうございました。子育てものに挑戦させて頂けて嬉しかったです。

そして最後に、この本を手に取ってくださった皆様。

楽しんで頂けるといいな、面白いと思って頂けるといいな、そんな風に思いながら書いたお話です。

私が本を出させて頂けるのは、読んでくださる皆様がいるからです。本当に、ありがとうございます。

また、どこかでお会い出来ましたら幸いです。

令和三年　夏　　　　　　　　　　　　　　　はなのみやこ

セシル文庫をお買い上げいただき、ありがとうございます。
この本を読んでのご意見・ご感想・ファンレターをお待ちしております。

☆あて先☆
〒154-0002　東京都世田谷区下馬6-15-4
コスミック出版　セシル編集部
「はなのみやこ先生」「鈴倉 温先生」または「感想」「お問い合わせ」係
→EメールでもOK!　cecil@cosmicpub.jp

セシル文庫

インテリヤクザは
ベビーシッターに恋《こい》をする

2021年8月1日　初版発行

【著者】　はなのみやこ
【発行人】　杉原葉子
【発行】　株式会社コスミック出版
〒154-0002　東京都世田谷区下馬 6-15-4
【お問い合わせ】 - 営業部 -　TEL 03(5432)7084　FAX 03(5432)7088
- 編集部 -　TEL 03(5432)7086　FAX 03(5432)7090
【ホームページ】 http://www.cosmicpub.com/
【振替口座】　00110-8-611382
【印刷／製本】　中央精版印刷株式会社

ISBN978-4-7747-6305-7 C0193